稲穂県ミドリ市花山町
第二小学校
北校舎1階職員室
中校舎
1階図書室
3階音楽室
南校舎
3階6年1組
屋敷
榎本由美子宅
荒井陽子宅
花山上町
花山
妙蓮寺
三丁
花山四丁目
小西邸
花山公園
安藤圭子宅
上野ミサエ宅
大井印刷
探偵ばあさん
マコのアパート
花山五丁目
花山駅
アカツキ
交番
風月堂
土谷外科
田園
メルシー
花山西町
フラワーコーポラス
花
12月1日生まれで
血液AB型
ハチベエ
（八谷良平）
身長137cm・体重28kg
成績・
国1・算2・理3・
社2・音1・図2・
体5・家2・
趣味《しゅみ》・イタズラ、好きな色・赤
好きなたべもの ビフテキ・ラーメン
家族 父 八谷勝平 40才（八谷商店
母 八谷よね 38才 やおや経営）
住所・ミドリ市花山町1丁目7-38
TEL (22) 0011 （花山商店街）

ズッコケ

愛《あい》のプレゼント計《けい》画《かく》

那須正幹　作　前川かずお　原画
高橋信也　作画

今年《ことし》のバレンタインデーには、
あのひとに手作《てづく》りチョコをプレゼントしませんか。
あなたにもできる、楽しい手作りチョコの数々《かずかず》を、
当店《とうてん》のお菓子職人《かししょくにん》がレクチャーします。
講習《こうしゅう》の終わりには作品コンテストをおこない、
入選者《にゅうせんしゃ》には豪華《ごうか》な賞品《しょうひん》をプレゼント。
作品は当店《とうてん》のショールームに展示《てんじ》させていただきます。

会場　花山《はなやま》町二丁目《ちょうめ》　花山会館《はなやまかいかん》
日時　二月十二日　午後《ごご》一時より三時まで
会費　一〇〇〇円（材料費《ざいりょうひ》・器具《きぐ》をふくむ）

ズッコケ愛《あい》のプレゼント計画《けいかく》

▶作家・**那須正幹**（なすまさもと）
1942年、広島に生まれる。島根農科大学林学科卒業後、文筆生活に入る。主な作品に、ズッコケ三人組シリーズ「それいけズッコケ三人組」以下「ズッコケ発明狂時代」など50巻。「ねんどの神さま」「さぎ師たちの空」（路傍の石文学賞）「海賊モーガン」シリーズ「ヨースケくん」「お江戸の百太郎」シリーズ（日本児童文学者協会賞）「ズッコケ三人組のバック・トゥ・ザ・フューチャー」（野間児童文芸賞）「ズッコケシリーズ」（巌谷小波賞）「絵で読む広島の原爆」など多数。

▶原画・**前川かずお**（まえかわかずお）
1937年、大阪に生まれる。第11回小学館児童漫画賞受賞。漫画、絵本、さし絵の世界で活躍。さし絵に、那須氏とコンビによるズッコケ三人組シリーズ、絵本に「くものぴかごろう」「おにがわら」「ほしのこピコまちにくる」「おやこおばけ」「絵巻えほん川」「うさぎのとっぴん」「うさぎのとっぴんとゆきおとこ」「うさぎのとっぴんびっくりパンク」などがある。1993年、歿。

▶作画・**高橋信也**（たかはししんや）
1943年、東京に生まれる。東映動画に入社し、アニメーション映画の制作にたずさわる。現在、フリーのイラストレーターとして、絵本、さし絵に取り組む。作品に、「アニメむかしむかし絵本」シリーズなど。

ズッコケ愛《あい》のプレゼント計《けい》画《かく》

那須正幹　作　前川かずお　原画
高橋信也　作画

花山第二小学校
六年一組
堀江理絵
田中裕司
加藤幸子
津川卓也
新村大吾
水本ゆかり
佐々木絵美
高橋ひとみ
八谷良平
長嶋崇
金田進
藤井理香
上野ミサエ
代々木真悟
市原弘子
皆本章
津川卓也
安藤圭子
1992.

宅和源太郎
先生
奥田三吉
後藤淳子
井上隆治
空席
清水学
安藤圭
田代信彦
高橋ケンジ
中森晋
伊藤綾
福山孝子
荒井
鈴木和代
榎本由美子
山中正太郎
新庄則夫
横谷慎太郎
斎藤元一郎
伊藤恵
三田村洋美
水島かお
尾崎浩
徳大寺邦光
福山素子
秋山幸子
仲野孝之
前川かずお
那須正幹

1　ハチベエの決意《けつい》

1

さいしょに笑《わら》い話《ばなし》をひとつ……。

A《エー》子「イエス・キリストって、十二月二十五日生まれなんだって。」

B《ビー》子「いいなあ。クリスマスに生まれるなんて、超《ちょう》ラッキーねえ。」

どう……？　わらえた……？

我《わ》が家《や》のむすめにきかせたところ、ぜんぜんわらわなかった。ぎゃくになにがおかしいのかと、たずねられた。

だから、クリスマスというのは、そもそもイエス・キリストの誕生《たんじょう》を祝う日なんだから、クリスマスにキリストが生まれたっていうのは、おかしいじゃないか。キリストが生まれたからクリスマスになったわけだから……。しなくてもいい説明《せつめい》をしてやると、中学三年になるむすめは、

「ああ、そうなの。クリスマスって、キリストの誕生をお祝いする日だったの。知らなかった。」

だって……。

我《わ》が家《や》の物知らずむすめほどでなくても、起源《きげん》というか、なぜそうなのか、理由《りゆう》もわからないまま、なんとなくお祭《まつ》り騒《さわ》ぎをしていることは案外《あんがい》おおい。

たとえばバレンタインデーがそうだ。日本では、女性《じょせい》が男性《だんせい》にチョコレートをプレゼントする日ということになっているが、これも元来《がんらい》はキリスト教《きょう》の祭日《さいじつ》で、バレンタイン（バレンチヌス）という、古代《こだい》ローマ時代に殉教《じゅんきょう》した聖人《せいじん》の名前にちなんでいるのだ。バレンタインデーにチョコレートを贈《おく》るようになったのは、三十年くらい前からだろうか。

さいしょは、二十歳《はたち》前後の独身《どくしん》女性が、意中《いちゅう》の彼氏《かれし》ひとりだけに、こっそり贈っていた

のが、いつのまにやら会社の上司《じょうし》や、日ごろお世話《せわ》になっているひとに贈《おく》る「義理《ぎり》チョコ」までくばらなくてはならなくなり、今では、お歳暮《せいぼ》やお中元《ちゅうげん》なみの年中行事《ねんちゅうぎょうじ》になってしまったのである。年齢制限《ねんれいせいげん》のほうも、あっというまになくなり、下は保育園《ほいくえん》、幼稚園《ようちえん》の園児《えんじ》たちから、上は老人ホームのおじいさんおばあさんまで、あらゆる階層《かいそう》の男女間《だんじょかん》でチョコレートがとびかうようになってきた。

ミドリ市花山町《しはなやままち》にある花山第二小学校でも、一月なかばをすぎると、早くもバレンタインデーについて、教室《きょうしつ》のあちこちで会話《かいわ》がかわされるようになる。

女の子たちの話題《わだい》は、自分が贈る相手《あいて》の数《かず》と、どんなチョコレートを贈るかということだ。なかにはクラスの男子全員にくばろうという博愛主義者《はくあいしゅぎしゃ》もいるけれど、ほとんどの女子は十人以内《いない》におさえているようだ。最近《さいきん》は板《いた》チョコをとかして自分好《じぶんごの》みのオリジナルチョコをつくる子もおおい。

六年一組の教室でも、さきほどから女の子たちが数人《すうにん》むらがって、手作《てづく》りチョコ講座《こうざ》をひらいていた。

「あんまりこったかたちにすると、てきめんに失敗《しっぱい》するわよ。あたしさあ、去年《きょねん》はキューピッドをつくるつもりだったの。ところがかたまったの見たら、ぜんぜんキューピッドに見えなくてね。しかたがないから、いとこにプレゼントしたら、怪獣《かいじゅう》のチョコレートもらったって、けっこうよろこばれたわ。」

髪《かみ》のみじかいかわいらしい女の子が、自分《じぶん》の失敗談《しっぱいだん》を披露《ひろう》すると、となりにいた日本的な美人もかるくうなずく。

「そうね、やっぱ、デザインはハートくらいじゃないの。あとは、トッピングでアクセントつければいいのよ。」

と、こんどはおさげの女の子が、ちょっと小首《こくび》をかしげた。

「あたし、生《なま》チョコつくってみたいなあ。あれって、自分の家でもできるんでしょ。いっぱいつくって、思うぞんぶん食べてみたいわ。」

「ヨッコはチョコレート自分で食べちゃうの。男の子にあげないの。」

失敗話《しっぱいばなし》を報告《ほうこく》した女の子が、おさげの女の子をふりかえると、おさげの子はすました顔《かお》でこたえた。

「力作《りきさく》は自分で食べなくちゃあ。失敗したのをくばればいいのよ。圭子《けいこ》だって、怪獣はい

とこにプレゼントしたんでしょ。」

そのとき、おおがらな女の子が思いだしたようにいった。

「そういえば、駅前《えきまえ》のメルシーが、手作《てづく》りチョコの講習会《こうしゅうかい》をやるそうよ。こないだ新聞《しんぶん》の折《お》りこみ広告《こうこく》に載《の》ってたわ。」

「いつやるの。」

「二月十一日の午後《ごご》。花山会館《はなやまかいかん》でやるの。でも材料費《ざいりょうひ》が千円なのよねえ。」

「なんだ、お金がいるの。千円あったら、チョコレート買ったほうがましよねえ。」

「そのかわり、審査《しんさ》して、優秀作品《ゆうしゅうさくひん》には賞品《しょうひん》をだすそうよ。」

「あたし自信《じしん》ないなあ。自分《じぶん》の作品、審査されるのいやだわ。」

おさげの女の子がいうと、まわりの子もいちようにうなずいた。と、こんどはめがねの女の子が、教室《きょうしつ》を見まわしながら、いくぶん声を低くする。

「あのね、横谷《よこたに》なら、ちゃんとホワイトデーに三倍返《がえ》ししてくれるわよ。あたし、去年《きょねん》、あの子こんな缶《かん》にはいったクッキーをお返《かえ》しにもらったんだもの。お返しをくれたのは、あの子だけよ。」

めがねの女の子の名前は藤井理香《ふじいりか》といって、クラスの男子全員にハートチョコを一枚《まい》ずつくばった博愛主義者《はくあいしゅぎしゃ》だ。

「へえ、そうなの。お返《かえ》しがあるほうがいいわねえ。今年《ことし》は横谷《よこたに》にも贈《おく》ろうかしら。」

と、まあ、そんなひそひそ話《ばなし》がささやかれているのである。

むろん、贈られるほうの男子も、内心《ないしん》は気もそぞろなのだろうが、こちらはバレンタインデーのことを話題《わだい》にするような、はしたないことはしない。せいぜい、女の子たちの話を盗《ぬす》み聞《ぎ》きしながら、自分《じぶん》の名前が登場《とうじょう》しないかと、気をもむくらいがせきのやまである。

ところが、なかにはだれはばかることもなく、バレンタインデーのことを話題にする男子もいた。

まどぎわのつくえにこしかけた、色のまっ黒い男の子が、さっきからまえに立っているふとめの男の子にむかって、しつこく質問《しつもん》していた。

「だからさあ、全部《ぜんぶ》でいくつくらいもらったんだよ。」

ふとめの男の子は、教室《きょうしつ》のてんじょうに目をさまよわせながら、しばし考えこんでいたが、やがてのこと、ゆっくりと首《くび》をふった。

「わかんないよ。家にとどけてくれた子もいたし、家のポストにはいってたのもあったし、それからかばんや、教室《きょうしつ》のつくえにもはいってたから……。バレンタインデーの二週間《しゅうかん》前にとどいたのもあったよ。」

「じれったいなあ。だからいくつくらいもらったんだよ。だいたいの数《かず》はわかるだろう。」

「ううん、二十個《こ》かなあ。三十個かなあ。」

ふとめの男の子が、たよりなさそうに手の指をおりはじめた。

「そんなにもらったのか。いいなあ。モーちゃんだけ、どうしてそんなにいっぱいくるんだよ。おれなんか、たった五個だぜ。」

色黒《いろぐろ》のちび少年が、がっくりしたようにため息《いき》をついた。

「たぶん、ぼくがチョコレートが好《す》きだからじゃないの。みんなも、ぼくがチョコレートが好きだってこと、知ってるんだよ。だから、プレゼントするんじゃないのかな。」

モーちゃんと呼《よ》ばれたふとめの男の子は、しごくすなおな解釈《かいしゃく》をしてみせるが、色黒少年のほうは、そんなことでなっとくするわけがない。

「おれだって、チョコレート嫌《きら》いじゃないぞ。だいたいなあ、好きか嫌いかって問題《もんだい》じゃないだろう。」

ちび少年は、そこで、はたと気づいたように、まじまじとモーちゃんの顔《かお》を見つめた。

「わかった。ようするに、おまえは女の子に警戒《けいかい》されないタイプなんだな。おまえにチョコレートを贈《おく》っても、だれも、うわさしないじゃないか。ところが、おれなんかにチョコレートをプレゼントしたことがバレてみろ。たちまちうわさになるんだなあ。だから、おれのところには、チョコレートがすくないんだよ。」

「だれが、うわさするの。」

「そりゃあ、まず、おれがうわさするじゃないか。」

そのとき、ふとめの男の子のよこにつっ立っていためがねの少年が、こほんと咳《せき》ばらいした。

「ハチベエくんにチョコレートを贈ったからって、うわさになるとは思えないけどね。やはりこれは、ひとがらの問題《もんだい》じゃないの。モーちゃんは、チョコレートをプレゼントしたくなるようなひとがらで、きみはそのぎゃくだってことじゃないのかなあ。」

ハチベエと呼《よ》ばれた色黒《いろぐろ》ちび少年は、めがね男をじろりと見た。

「ふん、ハカセは、去年《きょねん》、いくつチョコレートもらったんだよ。」

ハカセと呼《よ》ばれたやせっぽちの少年は、めがねに手をやった。

「さあね、いちいちおぼえてないけど、家族《かぞく》から二個《こ》、友だちの姉さんから一個、クラスの女子から四個だったかな。」

と、いちいちおぼえていないにしては、えらくくわしい明細書《めいさいしょ》つきの答《こた》えがかえってきた。ハチベエがどんぐりまなこを一回転《かいてん》させる。

「ちょい待ち、クラスの女子から四個もらったっていうのか。」

「そうだよ。」

「うそだろう。」

ハチベエは信《しん》じられないという顔《かお》つきで、ハカセのめがね顔《がお》を見つめる。

ハチベエの知るかぎり、ハカセという少年、女性《じょせい》に興味《きょうみ》をいだかれるような存在《そんざい》ではない。男性的《だんせいてき》な魅力《みりょく》は、ほぼゼロといっていいし、本人《ほんにん》も女性にたいしては、まったく無関心《むかんしん》なのだ。つまり、バレンタインのチョコレートからいちばん遠い位置《いち》に存在する男なのに、去年、クラスの女子四人からプレゼントされているという。

自慢《じまん》じゃないが、ハチベエのうちわけを披露《ひろう》すれば、母親《ははおや》から一個《こ》、モーちゃんの姉さんから一個、ハカセの妹《いもうと》から一個、そして店の客から一個で、クラスの女の子からは、たったの一個だった。その一個が、ナイチンゲールなみの博愛主義者《はくあいしゅぎしゃ》、藤井理香《ふじいりか》からのプレゼントだったことは、いうまでもない。

2

ハチベエというのは、むろんあだ名《な》で、本名《ほんみょう》は八谷良平《はちやりょうへい》という。両親《りょうしん》はJR花山駅前《ジェイアールはなやまえきまえ》にひろがる花山商店街《はなやましょうてんがい》のなかでやお屋《や》をいとなんでいる。小学六年にしてはこがらだが、行動力《こうどうりょく》に富《と》み、なにごとによらず他人にさきんじて活動《かつどう》を開始《かいし》するのだが、その行動に思慮《しりょ》がともなわないので、結果的《けっかてき》には失敗《しっぱい》することがおおい。かんたんにいえば、おっちょこちょいということだ。

去年《きょねん》のバレンタインデーに、チョコレートを三十個も確保《かくほ》したモーちゃんこと奥田三吉《おくださんきち》も、花山町一丁目《ちょうめ》の市営《しえい》アパートの住人《じゅうにん》である。からだつきを見ればわかるとおり、チョコレートだけでなく、あまいものに目がない。性格《せいかく》も円満《えんまん》で、六年間の小学校生活で、クラスメイトとけんか口論《こうろん》にいたったのは、たった三回だ。

おだやかなのは性格だけでない。行動《こうどう》そのものもおだやか、というより、のんびりしているところが、女性《じょせい》から好《す》かれる要素《ようそ》だろう。最近流行《さいきんりゅうこう》の「癒《いや》し系《けい》」なのである。

欠点は、かなり臆病《おくびょう》なところであるが、そんなところも世《よ》の女性から見れば「心《こころ》ぼそそうで、ほっとけない」存在《そんざい》にうつるのかもしれない。

ラッキョウにめがねをかけさせたような顔《かお》つきをしているハカセも、ミドリ市役所《しやくしょ》の住《じゅう》民基本台帳《みんきほんだいちょう》を見れば、山中正太郎《やまなかしょうたろう》といううりっぱな名前が登録《とうろく》されている。

ニックネームからも推測《すいそく》できるように、なかなかの博学《はくがく》で、なおかつ研究熱心《けんきゅうねっしん》でもあるし、記憶力《きおくりょく》も抜群《ばつぐん》なのだが、学校で学習《がくしゅう》することはあまり記憶しないため、成績《せいせき》のほうはいまひとつふるわない。

どういうものか、この三人、低学年のころから仲《なか》がよく、この二年間、クラスがいっしょになったこともあって始終《しじゅう》つながっている。そんなことから、口の悪《わる》いクラスメイトからは、ズッコケ三人組などと呼《よ》ばれているのだ。

それはともかく……。

ハチベエは、ショックだった。

モーちゃんがクラスの女の子からチョコレートをプレゼントされるというのは、ハチベエにも理解《りかい》できる。もしハチベエが女の子だったとしても、モーちゃんをリストアップするにちがいない。

だから、ハチベエものっけからモーちゃんとはりあう気はなかった。しかし、およそバレンタインデーから遠距離《えんきょり》にいるとばかり思っていたハカセが、クラスの女子から四個《こ》もチョコレートをふんだくっていたとは……。

これは、なんとか対策《たいさく》をたてなくちゃあいけない。なんといっても、小学校さいごのバレンタインデーなのだ。せめて十人くらいから、プレゼントしてもらいたいものだ。

手はじめに、なぜ、自分《じぶん》のところにチョコレートがこないのかということについて、ハチベエは冷静《れいせい》に考えてみた。

ひとつはハチベエの率直《そっちょく》な言動《げんどう》が、女性《じょせい》に誤解《ごかい》をまねいているケースがおおいようだ。かんたんにいえば、ハチベエは、口が悪《わる》い。相手《あいて》が気にしていることでもずけずけ発言してしまう。これは、気をつけたほうがいいだろう。昔《むかし》から口は災《わざわ》いの元《もと》というではないか。口だけでなく、行動《こうどう》にも気をつけたほうがいいかもしれない。ハチベエ自身《じしん》は、かるい気持ちや、サービスのつもりでやっているいたずらやパフォーマンスも、女性《じょせい》たちの目に、ハチベエが異常《いじょう》に女好《おんなず》き、あるいは下品《げひん》な男としてうつっているのではないだろうか。

これからは、スカートめくりなどはしないことにしよう。女の子にむかって、体型《たいけい》のこと、とくにおしりとかオッパイについて、ほめたり、けなしたりしないように気をつけよう。その日、放課後《ほうかご》までのあいだ、ハチベエは、いかにしてチョコレートの数《かず》をふやすかについて、ずっと考えつづけた。

一月中旬《ちゅうじゅん》から二月はじめにかけては、日本列島《れっとう》がもっとも寒《さむ》くなる時期《じき》だ。瀬戸内海《せとないかい》に面《めん》したミドリ市《し》も、今週《こんしゅう》にはいってきゅうに寒くなってきた。学校が終わるころには、北西の冷《つめ》たい風が強くなり、ときおり白いものがとびはじめた。

「うわあ、雪だよ。ねえ、ハチベエちゃん、雪だよ。」

モーちゃんが鼻《はな》の頭《あたま》に舞《ま》いおりてきた雪を、ぺろりと舌《した》でなめながら、友人《ゆうじん》に報告《ほうこく》した。

ふだんなら子犬《こいぬ》なみに興奮《こうふん》して、雪のなかをぴょんぴょん駆《か》けまわるハチベエが、ゆっくりと空を見まわしたのち、もの静《しず》かな調子《ちょうし》でこたえた。

「ほんとだ。雪が降《ふ》りはじめたなあ。今夜《こんや》はつもるかなあ。」

「ううん、これくらいじゃあつもらないいんじゃないの。

もっと、ドカンと降らなきゃあね。」

こたえながら、モーちゃんは、ハチベエの顔《かお》を注目《ちゅうもく》した。

「ねえ、ハチベエちゃん、どうかしたの。」

「べつに……。」

「おなか痛《いた》いんじゃないの。なんだか元気ないよ。」

「いや、いや。ごく普通《ふつう》だぜ。ただ、すこし口のききかたに注意《ちゅうい》をしているんだ。」

「口のききかたにねえ。」

ふと、ハチベエは、かたわらをとおりすぎるクラスの女子のグループに気づいた。彼《かれ》は、すばやく女の子のまえにとびだす。女の子たちが警戒《けいかい》のまなざしでハチベエを一瞥《いちべつ》した。

ハチベエはおだやかな顔で、にっこりとわらいかけ、かた手をひらひらとふってみせた。

「きみたち、帰り道は、くれぐれも気をつけてね。では、また、あした会いましょう。」

ハチベエとしては、誠心誠意彼女《せいしんせいいかのじょ》たちの安全《あんぜん》な下校《げこう》をねがい、あすの再会《さいかい》を約束《やくそく》したつもりである。しかるに、女の子たちの反応《はんのう》は、あまりかんばしいものではなかった。彼女たちは、なんともうす気味悪《きみわる》そうな目つきでハチベエの全身《ぜんしん》を観察《かんさつ》したのち、彼《かれ》のからだから半径《はんけい》三メートルの円内《えんない》には、けっして近づかないように細心《さいしん》の注意《ちゅうい》をはらいつつ、足ばやにとおのいていった。彼にたいする別《わか》れのことばは、ついにひとこともきかれなかった。

モーちゃんが、ハチベエの顔《かお》をのぞきこむ。

「ハチベエちゃん、なにかいたずら考えてるんだろ。」

「いたずら……?」

「だって、いま、後藤《ごとう》さんたちに帰り道に気をつけろなんて、いってたじゃないの。」

なんと、女子どころか、親友《しんゆう》までがハチベエのことばを曲解《きょっかい》しているのだ。

「おまえなあ。さっき、いっただろう。おれ、これから、口のききかたに気をつけることにしたんだ。今のだって、正直な気持ちをこめて、挨拶《あいさつ》したんだぞ。」

ハチベエのことばに、モーちゃんは、ありありと当惑《とうわく》の表情《ひょうじょう》をうかべた。

「ええ、それって、ほんとのほんとなの。」

「もちろん。おれは、これから女子には親切《しんせつ》にすることにしたんだからな。」

「スカートずらしも、めくりもしないの。」

「ぜったい、しない。」

「女の子の給食《きゅうしょく》のお味噌汁《みそしる》に、マーガリンをいれたりしないの。」

「ぜったいに、しない。」

「女の子のノートにエッチな落書《らくが》きもしないの。」

「ぜったいに、しない。」

「女の子のかばんに、カエルをいれたり、カミキリムシいれたりしないの。」

「いいかげんにしろ。この寒《さむ》いのにカエルやカミキリムシなんか、いると思うか。」

「ううん、だって、信《しん》じられないもの。女の子にいたずらしないハチベエちゃんなんて、ハチベエちゃんじゃないみたいだもの。」

友人《ゆうじん》の指摘《してき》に、ハチベエはまたもや愕然《がくぜん》とした。

「おれって、そんなに、女の子にいたずらしたり、ちょっかいだしてるかなあ。」

「そりゃあ、もう……」

モーちゃんが、深く深くうなずく。

「そうか。だったら、もう、どんなに努力《どりょく》しても、チョコレートがこないのかもなあ。」

ハチベエのさいごのことばは、粉雪《こなゆき》まじりの風に吹《ふ》きとばされてしまった。

モーちゃんは、あれっと思った。ハチベエの顔《かお》が、みょうにくすんで見えたのだ。

それっきり、ハチベエはだまりこんでしまい、モーちゃんが話しかけても返事《へんじ》をしなくなった。そして、ますます強まった季節風《きせつふう》にせなかをおされるように、我《わ》が家《や》への道をたどりはじめたのである。

3

ハチベエの家は、花山商店街《はなやましょうてんがい》のほぼまんなかにあるやお屋《や》だ。店《みせ》のうらてが母屋《おもや》になっているから、店のなかをぬけて母屋にあがることにしている。

午後《ごご》四時をまわったばかりの店内《てんない》は、そろそろ夕《ゆう》がたの買《か》い物客《ものきゃく》でこみあいはじめていた。てきぱきと客《きゃく》をさばいている両親《りょうしん》のあいだを無言《むごん》ですりぬけると、ハチベエは、店のおくのガラス障子《しょうじ》をあけて、母屋《おもや》にあがりこんだ。そして、そのまま二階《かい》の自室《じしつ》に直行《ちょっこう》した。

さすがは両親だけあって、いそがしいなかでも、むすこのすがたは視界《しかい》にいれていたようだ。しかも、我《わ》が子がふだんとかなりちがうふんいきだということにも気づいたらしい。母親《ははおや》がホウレン草《そう》のたばを袋《ふくろ》につめながら、父親《ちちおや》のほうに声をかけた。

「父ちゃん、いま、そこをぬけてったの、良平《りょうへい》だろ。なんだか影《かげ》がうすかったじゃないかい。」

「あいつ、ただいまもいわなかったなあ。先生にでもしかられたかな。」

「先生にしかられたくらいで、へこむような玉じゃないよ。悪《わる》い風邪《かぜ》にでもかかってなけりゃあいいけど。」

そのとき店のおもてに新しい人影《ひとかげ》が立った。ジーンズにセーターを着《き》こみ、長い毛糸のマフラーを首《くび》にまいた、おしゃれな中年男《ちゅうねんおとこ》である。

「おや、浜田《はまだ》さん、めずらしいじゃないか。きょうは仕事休みかい。」

父親《ちちおや》が中年男《ちゅうねんおとこ》に声をかける。おなじ花山商店街《はなやましょうてんがい》にあるメルシーというケーキ屋《や》の主人《しゅじん》で、名前を浜田富雄《はまだとみお》という。おなじ町内《ちょうない》の商店組合《しょうてんくみあい》のよりあいで顔《かお》もあわしているし、飲《の》みに出かけるあいだがらだ。

「いや、ちょっと外をまわっての帰りなんだよ。八百八《やおはち》さん、いそがしいところ申《もう》しわけない。あんたのところに小学生のむすこさんがいるだろう。もう、学校から帰ってるかい。」

「あいつ、なにか、いたずらでもやらかしたのかい。」

父親《ちちおや》が、ケーキ屋《や》の顔をうかがう。

「そういうことじゃないんだ。じつは今度《こんど》、うちでやるキャンペーンのチラシを学校の友だちにくばってもらえないかと思ってね。」

「なにか宣伝《せんでん》をするのかね。」

「バレンタインデーにあわせて手作《てづく》りチョコレートの講習会《こうしゅうかい》とコンテストをやるんだけどさあ、どうも集まりが悪《わる》くてねえ。それで、小学生にも参加《さんか》してもらいたいから、むすこさんにたのもうかと思ったのさ。」

「そういうことなら、おやすい御用《ごよう》だ。母ちゃん、良平《りょうへい》を呼《よ》んでやんな。」

父親《ちちおや》のことばに、母親《ははおや》が母屋《おもや》とのあいだの障子《しょうじ》をあけてどなる。するとやお屋《や》のむすこが、二階《かい》からおりてきた。その顔《かお》は、さっきとあまりかわりばえがしない。

ハチベエは、気のない顔つきで、母屋のあがりかまちに腰《こし》をおろしたケーキ屋《や》の主人《しゅじん》から、協力依頼《きょうりょくいらい》の説明《せつめい》をうけはじめた。

「近ごろはバレンタインデーに、手作《てづく》りのチョコレートをプレゼントする女性《じょせい》がふえたんだ。そこで講習会《こうしゅうかい》をひらくことにしたんだけど、せっかくだからついでに手作りチョコのコンテストもいっしょにひらいてみようと思って、折《お》りこみ広告《こうこく》にもだしたんだけど、イマイチ反応《はんのう》が悪《わる》くてね。申《もう》しこみがほとんどないんだよ。それでね、小学生は参加費《さんかひ》を五百円にするから友だちに宣伝《せんでん》してくれないかなあ。」

ケーキ屋の主人が、チラシのたばをとりだした。講習会のほうは二月十一日の午後《ごご》一時から三時まで、会場《かいじょう》は花山会館《はなやまかいかん》だ。

講習会のあと、おなじ会場でコンテストをおこない、優秀作品《ゆうしゅうさくひん》にはメルシーの商品券《しょうひんけん》が授与《じゅよ》され、作品のほうはバレンタイン当日《とうじつ》まで、メルシーの店内《てんない》にかざられるそうだ。

二月十一日は祭日《さいじつ》だから、小学生の参加も可能《かのう》だ。ただ参加費五百円をそえてメルシーに申《もう》しこまなくてはならない。

「女の子って、けちだからなあ。五百円もはらって勉強にいくかなあ。」

「これって、ずいぶん安いんだよ。まず、チョコレートに、ココア、生《なま》クリーム、それにいろんなトッピングもそろえているし、チョコレートケーキもつくるから、そっちの材料《ざいりょう》もちゃんと用意してるんだよ。調理道具《ちょうりどうぐ》だってそろえなくちゃあいけないんだもの。

しかも、コンテストに優勝《ゆうしょう》すれば一万円相当《まんえんそうとう》のうちの商品券《しょうひんけん》をプレゼントするんだ。参《さん》加者《かしゃ》は、すごくお得《とく》だと思うけどね。そこんところを、しっかり宣伝《せんでん》してよ。」

「そりゃあ、まあ、チラシくばるくらいなら、くばってもいいけど。」

ハチベエは、いまだ気《き》のりがしない。

そのとき、メルシーの主人《しゅじん》がかかえていたケーキの箱《はこ》を、あがりかまちにおいた。

「それにもうひとつお願《ねが》いがあるんだけどなあ。きみ、コンテストの審査員《しんさいん》、ひきうけてくれない。」

「手作《てづく》りチョコレートの、ですか。」

ハチベエは、思わず目をぱちくりさせた。

ケーキ屋《や》の主人《しゅじん》は、まじまじとハチベエの顔《かお》をながめながら話しはじめた。

「じつは、今、思いついたんだけどさ。コンテストの審査《しんさ》は、おじさんとうちの職人《しょくにん》のふたりでやるつもりだったんだけど、考えてみたら、べつに技術《ぎじゅつ》をきそうわけでもないからなあ。ようするに、男の子がプレゼントされてうれしくなるような、そんなチョコレートをえらべばいいんだ。だから審査員《しんさいん》のなかに、きみのような、もらう立場《たちば》の代表《だいひょう》もはいっていたほうがいいと思ったの。うん、これ、けっこういけるかもね。なんなら友だちをさそってもかまわないよ。二、三人くらいで相談《そうだん》して審査して決《き》めるのがいいかもしれない。」

メルシーの主人の提案《ていあん》をきいているうちに、ハチベエのからだにふつふつとエネルギーがみなぎりはじめた。

これまでにコンテストの審査員などという、名誉《めいよ》ある役目《やくめ》についたことがあっただろうか。しかも、バレンタインのチョコレートという、まさにおいしいおいしい役目なのだ。

「や、やります。」

ハチベエが、きっぱりこたえると、主人もかるくうなずいた。

「よかった。それじゃあ。講習会《こうしゅうかい》の宣伝《せんでん》、しっかりたのんだよ。ああ、これ、ほんの気持ちです。」

浜田《はまだ》さんはそういうと、ケーキの箱《はこ》をハチベエのほうにおしやって立ちあがった。

「おまえ、ケーキの審判《しんぱん》をするんだって。」

ケーキ屋《や》の主人《しゅじん》が店《みせ》さきからいなくなったとたん、母親《ははおや》が駆《か》けよってきた。

「ケーキじゃなくて、手作《てづく》りチョコレート。もうすぐバレンタインデーだろ。」

「なんでもいいけど、だいじょうぶなのかい。おまえって、かわったものが好《す》きだからねえ。味《あじ》つけのりにマヨネーズかけたり、納豆《なっとう》に砂糖《さとう》まぶして食べたり……。ひとさまと味《み》覚《かく》がちがうんだよ。だからさ、もっとたしかな友だちもさそったほうがいいと思うよ。」

母親に忠告《ちゅうこく》されると、ハチベエもすこし自信《じしん》がなくなってきた。

「食べものにうるさいのはモーちゃんかなあ。」

「あの子はうるさいっていうより、食《く》いしん坊《ぼう》なだけじゃないのかい。あの子よりもハカセちゃんのほうがいいよ。」

「ハカセねえ。あいつ食《く》いもののコンテストの審査員《しんさいん》なんかするかなあ。」

「だいじょうぶだよ。あの子も仲間《なかま》にいれといたほうが、あとで恥《はじ》をかかなくてすむと思うよ。」

ハカセは外見《がいけん》だけは秀才《しゅうさい》に見えるから、おとなに信頼《しんらい》されることがおおい。まあ、ハチベエとしてもひとりで審査員《しんさいん》をするよりも、ハカセやモーちゃんがいるほうが、なにかと心強《こころづよ》い。

「わかった。あいつもさそってみる。」

そうこたえると、茶《ちゃ》の間《ま》のこたつにもぐりこんでケーキの箱《はこ》をあけてみた。あまい香《かお》りが鼻《はな》をくすぐる。まずは、チョコレートのたっぷりかかったやつをつまみだして、かぶりついた。

「うめーっ。」

思わずつぶやいたとたん、ふと考えた。

もし、ハチベエが審査員になったことがみんなに知れわたれば、コンテストに参加《さんか》する女の子たちが、こぞってハチベエにチョコレートをプレゼントしてくれるにちがいない。

ということは、今年《ことし》こそ念願《ねんがん》の二桁《けた》の大台《おおだい》がランクされるということだ。

「ようし、うちのクラスだけじゃなくて、よそのクラスの女の子も、みんな講習会《こうしゅうかい》に参加させてやるぞ。」

ハチベエは、心のなかでかたくかたく決心《けっしん》したものである。

もし、ケーキ屋《や》の主人《しゅじん》が、このようなハチベエの心理《しんり》を読みきったうえで、審査員《しんさいん》を依《い》頼《らい》したのなら、たいしたものだ。


夕《ゆう》がたいったん小降《こぶ》りになった雪が、夜のあいだにふたたび勢《いきお》いを強めたものらしい。よく朝《あさ》は、いちめんの銀世界《ぎんせかい》にかわっていた。

積雪《せきせつ》は、せいぜい五センチというところで、しかも雪晴《ゆきば》れの上天気《じょうてんき》になったから、子どもたちが学校に到着《とうちゃく》するころには、そろそろとけはじめていた。子どもたちは日《ひ》かげの雪をかき集めては、玉をこしらえ、雪合戦《ゆきがっせん》のまねごとをしている。

いつものハチベエなら、ひといちばい雪とたわむれるはずなのだが、きょうばかりは教《きょう》室《しつ》にいのこって、登校《とうこう》してくる女の子にメルシーのチラシを手わたしていた。

女の子たちにとって、手作《てづく》りチョコの講習会というのは、興味《きょうみ》がないことはないようだ。

すでに講習会《こうしゅうかい》のことを知っている子も何人かいたし、目のまえのチラシに注目《ちゅうもく》し、なかにはハチベエにいろいろ質問《しつもん》してくる子もいた。

「ねえ、ねえ、コンテストの賞品《しょうひん》はいくつくらいあるの。」とか、

「優勝《ゆうしょう》したチョコは、バレンタインの当日《とうじつ》までお店にかざっておくんでしょ。だったらプレゼントできないじゃないの。」

「講習会に参加《さんか》したひとしか、コンテストに出品《しゅっぴん》できないの。」

など、ハチベエに即答《そくとう》しかねる質問もとびだしてきた。

「わかんないことはメルシーにきいてみなよ。それよりさあ、コンテストの審査《しんさ》だけどな。じつはおれも審査員《しんさいん》なんだぜ。」

ハチベエが低《ひく》い鼻《はな》をひくつかせると、女の子たちは、一瞬《いっしゅん》まじまじとハチベエの顔《かお》を見つめ、そのあと、

「まさか……。」

「冗談《じょうだん》でしょう。」

などといってわらいだす。

「うそなもんか。きのう、メルシーのおじさんにたのまれたんだもの。チョコレートをもらう者の意見《いけん》もいれたほうがいいだろ。つまり、こんなチョコレートをもらいたいなっていうのをえらぶんだ。」

ハチベエは、ますます小鼻《こばな》をひくひくさせる。

4

チラシがのこりすくなくなってきた。ほかのクラスの子どもにも宣伝《せんでん》しなくてはと、教《きょう》室《しつ》をとびだそうとしたとたん、入り口でモーちゃんとハカセにはちあわせした。

「おはよう。ハチベエちゃん、どう、元気になった。」

モーちゃんが、ハチベエの顔《かお》をのぞきこむ。

「おれはいつだって元気だぜ。」

こたえてから、ふときのうの母親《ははおや》のことばを思いだした。

「おっ、そうだ。おまえら、手作《てづく》りチョコの審査員《しんさいん》しないか。」

「手作《てづく》りチョコ……?」

ふたりがけげんな顔《かお》をするのも、無理《むり》はない。

「だからよ。これの審査員《しんさいん》なのさ。」

ハチベエがつきだしたチラシに目をおとしたふたりは、やがてのこと顔をあげた。

「ようするに、講習会《こうしゅうかい》でつくったチョコレートのなかから、優秀《ゆうしゅう》な作品をえらべばいいわけだね。」

さすがにハカセは理解《りかい》がはやい。モーちゃんのほうも、

「どれがおいしいか、食べてえらぶんだ。」

はやくも口のなかにつばきをためながら、なんどもうなずいたが、即座《そくざ》にハカセに否定《ひてい》された。

「味見《あじみ》はどうかなあ。アイディアとかデザインだけでえらぶんじゃないの。」

「食べないでえらぶの。それって、おかしいよ。いくらデザインがよくても、おいしくないチョコレートなんか、もらってもうれしくないだろ。」

モーちゃんとしては、ここは、ぜひとも味見をしたい。

ハチベエも、審査員《しんさいん》をひきうけはしたが、審査方法《しんさほうほう》について、さほどくわしいわけではないから、これまた即答《そくとう》できない。

「ううん、味見《あじみ》できるかどうか、メルシーのおじさんにきいてみるよ。」

「もし、味見できるなら、ぼくも審査員やってもいい。」

モーちゃんはこころよく承諾《しょうだく》してくれたが、ハカセのほうは、

「ぼくは遠慮《えんりょ》しておくよ。そのかわり妹《いもうと》が講習会《こうしゅうかい》に参加《さんか》したがるかもしれないから、そのチラシだけくれないか。」

そういうと、チラシを一枚《まい》うけとって、審査員のほうはことわった。

ふたりとわかれると、ハチベエはいそいでほかの教室をまわり、それぞれのクラスの顔《かお》見知《みし》りの女の子にチラシをわたした。

「おれ、コンテストの審査員するからよ。だから、ぜひ講習会に参加しなよ。」

かんじんのことをさいごにつけくわえたことは、いうまでもない。

その日の放課後《ほうかご》、学校から帰ったハチベエは、さっそくメルシーを訪問《ほうもん》し、チラシ配布《はいふ》の報告《ほうこく》と、いくつかの疑問《ぎもん》について回答《かいとう》をもとめた。

「そうねえ、講習会《こうしゅうかい》とコンテストは、いちおう、別立《べつだ》てだから講習会に参加しなくても出《しゅっ》品《ぴん》してもかまわないよ。ただ、審査《しんさ》はおなじ会場《かいじょう》でやるから、けっきょくコンテストも当《とう》日《じつ》講習会の参加者《さんかしゃ》ということになるんじゃないの。」

「コンテストの優秀作品《ゆうしゅうさくひん》には、うちの商品券《しょうひんけん》をプレゼントするつもりなんだ。今のところ、最優秀《さいゆうしゅう》一点に一万円《まんえん》相当、優秀賞《ゆうしゅうしょう》二点に五千円、佳作《かさく》三点は五百円の図書券《としょけん》ということにしてるんだけど。」

「手作《てづく》りチョコは、ひとつだけじゃなくて、いくつもつくるからね。展示作品《てんじさくひん》をプレゼントできなくてもかまわないんじゃないの。」

と、まあ、ハチベエが即答《そくとう》できなかったお客《きゃく》さまからの疑問《ぎもん》を、すべてこたえてもらった。

さいごに審査方法《しんさほうほう》についても、たずねてみた。

「材料《ざいりょう》はどれもおんなじだから、味《あじ》で優劣《ゆうれつ》はつけられないんだ。やはり、仕上《しあ》がりの良さとか、デザインとかアイディアじゃないの。」

というのが主催者《しゅさいしゃ》の答《こた》えだが、ハチベエはモーちゃんのために、さらにきいてみた。

「審査員《しんさいん》はチョコレート食べられないんですか。」

ケーキ屋《や》の主人《しゅじん》は、わらいだした。

「ああ、そういうことか。心配《しんぱい》しなくても、たっぷり食べられるさ。講習会《こうしゅうかい》でたくさんつくるんだもの。きっと生徒《せいと》さんのほうから味見《あじみ》してくれってたのまれるよ。」

ハチベエは、おおぜいの女の子たちにかこまれた自分《じぶん》を想像《そうぞう》してみた。

「八谷《はちや》くん、あたしのチョコ食べてみてよ。」

「どう、あたしのは愛情《あいじょう》がこもってると思わない。」

そんなことばといっしょに、さしだされるチョコレートの数々《かずかず》……。ハチベエの顔《かお》は、しぜんとゆるんできたものである。

家にもどると、さっそくモーちゃんの家に電話して、審査員《しんさいん》もチョコレートがじゅうぶん賞味《しょうみ》できることを告《つ》げた。

「チョコレートたくさん食べられるんなら、ぼくも審査員になりたいなあ。ハチベエちゃんたのんでくれない。」

モーちゃんが、すがるような声で審査員承諾《しょうだく》をつたえてきた。

「よし、わかった。おまえのこと、メルシーのおじさんにたのんでおいてやるよ。」

ハチベエが、そうこたえて電話を切ったとき、店《みせ》さきに人影《ひとかげ》がさした。

「ハチベエくん、ちょっといいかな。じつはね。けさ話してた手作《てづく》りチョコのコンテストの審査員《しんさいん》の件《けん》だけど。もし、よかったら、ぼくもやらせてもらえないか。」

ハカセが、いくぶんてれくさそうに申《もう》しでた。

ハカセのうしろに、かわいらしい女の子が立っていた。ハカセには、まったくにていないけれど、妹《いもうと》の道子《みちこ》である。

「ふうん、興味《きょうみ》がないっていってたのに、どういう風《かぜ》の吹《ふ》きまわしだ。」

「心境《しんきょう》の変化《へんか》というやつかなあ。」

「心境の変化ねえ。まあ、おまえが、どうしてもやらせてくれってたのむんなら、おれも考えてもいいけど。でも、これも定員《ていいん》があるからなあ。モーちゃんもやるっていってるし……。」

ハチベエは、わざとむつかしい顔《かお》をしてみせる。ハカセは、ほっとため息《いき》をついた。

「そうか、だめならしかたないね。」

そういうと、くるりとまわれ右《みぎ》をする。そして妹《いもうと》をうながして帰りはじめた。この少年、あきらめがよすぎるのがたまにきずだ。

「ちょい待ち。おれとおまえの仲《なか》だもの。よし、おまえも審査員《しんさいん》にしてやるよ。」

あわててハチベエがいうと、ハカセはにっこりとわらった。

「ありがとう。恩《おん》にきるよ。ああ、それから、うちの道子《みちこ》、講習会《こうしゅうかい》に参加《さんか》することにしたからね。さっきメルシーに申《もう》しこんできたんだ。今年《ことし》も、きみに手作《てづく》りチョコをプレゼントしたいんだってさ。」

ハカセのうしろにくっついている妹の道子が、こっくりうなずいてみせる。昨年《さくねん》ハチベエがもらった五つのチョコの一つが、ハカセの妹の道子からのものだった。

ハカセが審査員を申しでたのは、妹が参加するからかもしれない。あわよくば、自分《じぶん》の妹の作品を入選《にゅうせん》させて、賞品《しょうひん》をふんだくるつもりだろう。

しかし、そんな不正《ふせい》はぜったいにさせない。審査はあくまでも厳正《げんせい》にやるつもりだ。

ハカセがもどって五分もしないうちに、こんどは女の子が三人、店《みせ》さきに顔《かお》をのぞかせた。荒井陽子《あらいようこ》、榎本由美子《えのもとゆみこ》、安藤圭子《あんどうけいこ》という、いずれおとらぬクラスの美女《びじょ》たちが、にこやかな笑顔《えがお》をふりまきながら、ハチベエに声をかけてきた。

「あたしたち、今、講習会《こうしゅうかい》の申《もう》しこみしてきたの。きみが審査員《しんさいん》になるって、ほんとなのねえ。」

おさげの陽子《ようこ》が、大きな目でまじまじとハチベエを見つめた。どうやら、教室《きょうしつ》での話が信《しん》じられなくて、メルシーの主人《しゅじん》にたしかめたらしい。

「でも、八谷《はちや》くんひとりで決《き》めるってわけじゃないのね。メルシーの職人《しょくにん》さんも審査するっていってたじゃないの。」

ショートカットの女の子がよこから口をだした。安藤圭子《あんどうけいこ》だ。

「でも、すごいじゃない。最優秀《さいゆうしゅう》にえらばれれば、商品券《しょうひんけん》一万円《まんえん》ですもの。」

榎本由美子《えのもとゆみこ》という純日本的《じゅんにほんてき》な美少女がいうと、こればかりは三人とも同意見《どういけん》だったようで、

「そうよねえ。メルシーのケーキが一万円も食べられるんですもの。八谷くん、あたしたちのこと、おねがいね。」

なんとも熱《あつ》いまなざしをなげかけてきた。こんな目で、女性《じょせい》たちに見つめられたのは、

ハチベエもはじめてだ。

「うん、わかった。おまえたちのチョコレート、ぜったいトップ賞《しょう》にしてやるからな。」

五分前厳正《げんせい》な審査《しんさ》を決意《けつい》したハチベエは、たちまちのうちに、方向転換《ほうこうてんかん》を決意したものである。

5

モーちゃんは、母親《ははおや》と姉《ねえ》さんの三人家族《かぞく》だ。母さんは毎日会社ではたらいているから、家に帰ってくるのは、はやくても六時をすぎる。

その日も、タエ子《こ》姉さんとこたつにもぐりこんで母さんの帰りを待っていた。雪晴《ゆきば》れのポカポカ陽気《ようき》が一日つづいたけれど、さすがに夜ともなると寒《さむ》くなってきた。

「あのね、メルシーが手作《てづく》りチョコレートの講習会《こうしゅうかい》をするんだよ。それでさあ、できたチョコのコンテストをするんだけど、ぼくも審査員《しんさいん》になるんだ。」

モーちゃんの報告《ほうこく》に、タエ子姉さんは、ミカンにのばした手をとめた。

「ちょっと、ちょっと、それ、ほんとの話……？　どうして、あんたが審査員《しんさいん》になれるのよ。」

「メルシーのご主人《しゅじん》が、ハチベエちゃんに審査員にならないかって、いったんだってさ。それで友だちもさそってもいいって。」

「なあんだ。あんたたちが審査員じゃあ、たいしたことないわねえ。」

姉《ねえ》さんが、がっかりしたようにため息《いき》をついた。

「べつに、ぼくらだけで決《き》めるんじゃないんだよ。メルシーのおじさんとか、あそこの職《しょく》人《にん》さんとかも審査員なんだもの。」

「そりゃあ、そうよねえ。いくらなんでも、子どもにまかせるわけないもの。ううん、でも弟《おとうと》が審査するところに、のこのこ出かけるのはいやだなあ。」

姉さんが、てんじょうをにらむ。

「姉ちゃんも講習会《こうしゅうかい》に出るつもりだったの。」

モーちゃんの質問《しつもん》に、姉さんは、かたわらにほうりだした通学《つうがく》かばんから、おもむろにチラシをとりだした。

「きょう、学校の帰りに、メルシーのまえをとおったら目についたの。千円で手作《てづく》りチョコがつくれるのなら、安いかなって思ってさ。」

「千円……？　ああ、そうか。小学生は五百円だけど、おとなは千円か。」

　モーちゃんがもらしたとたん、姉さんが目をむいた。

「なによ。小学生は半額《はんがく》なの。それって不公平《ふこうへい》じゃないの」

「そうかなあ。映画《えいが》でも電車《でんしゃ》でも、子どもは半額だよ。」

「だけど、ジュースやお菓子《かし》はおなじ値段《ねだん》でしょ。まあ、いいけど、申《もう》しこまないことにするわ。あんたと顔《かお》をあわせるのいやだもの。」

　姉さんは、ミカンの皮《かわ》をむきはじめた。

「それにさあ、バレンタインのチョコも、もうあんまりはやらなくなっちゃったからね。男の子にプレゼントする女の子なんて、だんだんいなくなるんじゃないかなあ。」

「ほんと……？」

「すくなくとも、あたしの友だちは、男の子にはくばらないみたい。今はね、女の子どうしの『友《とも》チョコ』や『自分《じぶん》チョコ』の時代なのよ。」

「なに、その『友《とも》チョコ』とか『自分《じぶん》チョコ』っていうの……」

「バレンタインっていうと、男の子にあげるのがふつうでしょ。でもさあ、けっこう神経《しんけい》つかうのよねえ。だれにプレゼントしたほうがいいのか、しないほうがいいのか。だから、女子の友だちどうしでプレゼントしあうのよ。それが『友チョコ』ね。これなら気がらくでしょう。それから、せっかくのチョコレートを他人《たにん》にあげるのはもったいない。自分にプレゼントするのが『自分チョコ』……」

バレンタインデーのチョコレート事情《じじょう》も、すこしずつ変化《へんか》しているようだ。そのうち、女性《じょせい》から男性《だんせい》に贈《おく》るという習慣《しゅうかん》もなくなるかもしれない。

チョコレートがもらえなくなるのは、さみしいなあ。モーちゃんは、まず、そう思った。でも、もしかすると男性から男性にチョコレートをプレゼントしてもよくなるかもしれないし、自分にプレゼントしていいのなら、女の子からもらわなくてもかまわないんじゃないのかな。

モーちゃんは、そうも考えた。

彼《かれ》にとっては、女性からプレゼントというのは、さほど意味《いみ》がない。贈りもののなかみがおいしいチョコレートであれば、それだけで幸福《こうふく》なのだ。

食べものにあまり執着《しゅうじゃく》がないということでは、三人のなかでは、ハカセがいちばんだろう。なにしろ好《す》きな食べものがお茶漬《ちゃづ》けというくらいで、お菓子《かし》のたぐいに目の色をかえることもない。

さらに、ハチベエがいみじくも見ぬいたごとく、この少年、異性《いせい》にたいしてもあまり興《きょう》味《み》を持っていない。

そのハカセが、審査員《しんさいん》になりたいと申《もう》しでたのは、ハチベエの考えたとおり、あくまでも妹《いもうと》のためだ。妹がコンテストに入選《にゅうせん》し、なにがしかの賞品《しょうひん》をゲットできるためには、ハカセ自身《じしん》が審査員になっていたほうが、なにかと有利《ゆうり》だろう。そう考えて審査員をひきうける気になったのだ。

審査員を希望《きぼう》したのはいいが、ハカセ自身《じしん》、バレンタインデーやチョコレートについて、なんの知識《ちしき》も持ちあわせていないことに気づいた。

ハカセはハチベエの家から帰るとちゅう、四年生の妹にたずねてみた。

「道子《みちこ》、おまえ、バレンタインデーって、どんな日か知ってるかい。」

10

「女の子が男の子にチョコレートくばる日でしょ。」

と、ごくごく一般的《いっぱんてき》な答《こた》えしかかえってこない。

「兄《にい》ちゃんの記憶《きおく》では、たしかキリスト教《きょう》に関係《かんけい》があると思ったけど。」

「そんなこと、どうでもいいじゃないの。あたし、今年《ことし》は動物のかたちのチョコ、つくりたいなあ。ホワイトチョコとふつうのチョコを組みあわせて、パンダのチョコをつくるの。」

「そんなこと、できるのかい。」

「お店《みせ》で売ってたよ。」

「既製品《きせいひん》はだめだよ。道子自身《みちこじしん》のデザインにしなくちゃあ。」

「だったら、うさぎにするわ。そうだ、パンダうさぎにしようっと。」

道子は、どうしてもパンダからはなれたくないらしい。

道子はともかく、審査員《しんさいん》になるからには、それは、それなりの知識《ちしき》がなくてはいけないのではないだろうか。

と、こんなことを考えつくところが、いかにもハカセらしいところといえる。

ともあれ、我《わ》が家《や》に帰りついたハカセは、さっそく自室《じしつ》の本棚《ほんだな》をかきまわして、チョコレートと、バレンタインデーに関《かん》する資料《しりょう》をさがしてみた。

バレンタインデーについては、それがキリスト教《きょう》の祭日《さいじつ》だということは、すぐにわかった。なんでも古代《こだい》ローマ帝国《ていこく》のある時代まで、キリスト教は皇帝《こうてい》によって弾圧《だんあつ》されていたそうだ。とくにローマ軍《ぐん》の兵士がキリスト教徒《きょうと》の女性《じょせい》と結婚《けっこん》することはかたく禁《きん》じられていた。ところが、ここにバレンチヌス（バレンタイン）というキリスト教の司祭《しさい》がいて、ひそかにキリスト教徒の女性とローマ軍兵士のカップルの結婚式《けっこんしき》をとりおこなっていた。このためバレンチヌス司祭は、皇帝によって処刑《しょけい》されてしまった。

愛する男女のために命《いのち》がけで結婚式をおこなったバレンチヌスは、キリスト教が公認《こうにん》されたあとに聖人《せいじん》のひとりにくわえられ、彼《かれ》が処刑された二月十四日は、聖《セント》バレンタインデーと呼《よ》ばれるようになった。現在《げんざい》でもイタリアのテルニ市《し》には、聖バレンチノ教会《きょうかい》が建《た》っていて、毎年二月十四日には『聖バレンチノ祭《さい》』が盛大《せいだい》におこなわれ、ミサに参列《さんれつ》したおおぜいの市民《しみん》がたがいに贈《おく》りものを交換《こうかん》しているそうだ。

キリスト教の国ぐにでは、この日、クリスマスカードならぬバレンタインカードにプロポーズのことばを書いて、相手《あいて》の家の戸口においておくと恋愛《れんあい》が成就《じょうじゅ》すると信《しん》じられていた。アメリカでも、カードに、花や香水《こうすい》やお菓子《かし》などの贈《おく》りものをそえてプレゼントする習慣《しゅうかん》があったが、それが日本ではチョコレートということになってしまった。日本でチョコレートを贈るようになったのは、チョコレートメーカーが、そのようなキャンペーンをやったからだ。

第《だい》二次《じ》世界大戦前《せかいたいせんまえ》の一九三六年に、神戸《こうべ》のチョコレートメーカーが新聞《しんぶん》にバレンタインデーの贈りものにはチョコレートをという広告《こうこく》をだしたのがさいしょらしい。もっともこの新聞は英字新聞《えいじしんぶん》だったそうだから、日本人はあまり読まなかったのではないだろうか。

そして一九五八年、べつのチョコレートメーカーが東京《とうきょう》のデパートでバレンタインセールをおこなったのが現在《げんざい》のブームのはじまりで、女性《じょせい》が男性《だんせい》に贈り、しかもチョコレートにかぎるというのは、このメーカーの宣伝《せんでん》のたまものなのだ。

つまり日本のバレンタインデーは、そもそもがチョコレートメーカーのしかけたキャンペーンでひろまったもので、宗教《しゅうきょう》とはまったく関係《かんけい》がないのだ。このあたりは、日本のクリスマスとよくにている。

ところで、そのチョコレートだが、日本で、チョコレートといえば、お菓子《かし》のことをさすが、厳密《げんみつ》にはカカオという樹木《じゅもく》の種子《しゅし》を粉《こな》にしたもの、あるいはそれを原料《げんりょう》にした飲《の》みものをチョコレートと呼《よ》ぶのだそうだ。

もともとは、南アメリカの原住民《げんじゅうみん》の食べものだったものを、十六世紀《せいき》のはじめ、この地を侵略《しんりゃく》したスペイン人によって本国《ほんごく》につたえられ、十七世紀にはヨーロッパじゅうにひろまった。一八二八年になって、オランダでカカオの粉末《ふんまつ》から脂肪分《しぼうぶん》をへらし、水や牛乳《ぎゅうにゅう》にとけやすくしたココアが発明され世界じゅうに普及《ふきゅう》していった。

現在《げんざい》でもアメリカでは、脂肪分五十パーセント以上《いじょう》のカカオ粉末でつくられた飲みものをチョコレートと呼び、それ以下《いか》の飲みものをココアと呼んでいる。

お菓子のチョコレートが発明されたのがいつなのかははっきりしないが、一七〇〇年代には砂糖《さとう》をまぜた練《ね》りもののチョコ菓子《がし》が、ヨーロッパで出まわっていたようだ。ミルクチョコレートがスイスで開発《かいはつ》されたのは一八七六年で、ココアが発明されてから半世紀後《はんせいきご》のことだ。

日本では、明治時代《めいじじだい》のはじめに東京《とうきょう》のお菓子屋《かしや》が『貯古齢糖（チョコレイトウ）』というネーミングで、チョコ菓子《がし》の製造販売《せいぞうはんばい》をはじめている。板チョコの製造販売は、明治末《めいじまつ》年《ねん》の一九〇九年のことで、そのころから日本では、チョコレートといえばお菓子《かし》をさすようになった。

と、いったことを、ハカセはその日のうちに、我《わ》が家《や》にあった百科事典《ひゃっかじてん》などで調《しら》べあげ、大学ノートにメモした。

あとは、手作《てづく》りチョコのつくりかたなどについても知っておいたほうがいいだろうが、これは百科事典よりも、台所の料理事典《りょうりじてん》を見たほうが良いだろう。

たかが手作りチョコの講習会《こうしゅうかい》といっても研究《けんきゅう》すれば、さまざまなことがわかってくる。

ハカセは、思わずトイレのなかでつぶやいた。

「勉強になるなあ……」

ハカセがなぜ、トイレのなかでつぶやいたかといえば、彼《かれ》は考えごとをしたり、読書《どくしょ》をするときに、なぜかトイレにこもるというくせがあるのだ。バレンタインデーやチョコレートに関《かん》する資料調《しりょうしら》べのほとんどを、彼はトイレの便器《べんき》にこしかけておこなったのである。

2 手作《てづく》りチョコ講習会《こうしゅうかい》

1

一月はほかの月にくらべると、日にちのたつのがはやいような気がする。月はじめにお正月があり、やれお雑煮《ぞうに》だ、お年玉《としだま》だとさわいでいるうちに、冬休みのほうものこりすくなくなってくる。あれよあれよというまに三学期《がっき》がはじまり、またいやな勉強《べんきょう》をしなくてはならないなと思うまもなく、いつのまにやら今年《ことし》ものこすところ十一か月になってしまうのだ。

一月には私立《しりつ》中学の入学試験《にゅうがくしけん》もあり、六年一組では、新庄則夫《しんじょうのりお》や高橋《たかはし》ケンジ、金田進《かねだすすむ》などが城南《じょうなん》中学を受験《じゅけん》、荒井陽子《あらいようこ》と榎本由美子《えのもとゆみこ》が白百合女学《しらゆりじょがく》院《いん》に挑戦《ちょうせん》した。

ハチベエにとっても、一月は、あっというまにすぎたという感《かん》じだ。とくに後半《こうはん》になって、なにかといそがしい毎日となったため、時間のたつのが異常《いじょう》にはやかった。

多忙《たぼう》だった理由《りゆう》は、手作《てづく》りチョコ講習会《こうしゅうかい》の宣伝《せんでん》に日夜活動《にちやかつどう》をしていたからだ。

ハチベエの努力《どりょく》のかいあってか、月末《げつまつ》にメルシーに問《と》いあわせると、講習会の申《もう》しこみが二十五人にたっしたことがわかった。

「ありがとう、ありがとう。良平《りょうへい》ちゃんのおかげだなあ。お客《きゃく》さんのうち、二十人が小学生だもの。」

メルシーの主人《しゅじん》が、うれしそうに報告《ほうこく》してくれるのをききながら、ハチベエもほくそえんだ。これで、今年《ことし》のバレンタインデーは、さみしい思いをしなくてもすむにちがいない。

いよいよ手作りチョコ講習会の当日《とうじつ》がやってきた。

当日は、先週《せんしゅう》までの寒《さむ》さがうそのようなポカポカ陽気《ようき》となった。

花山会館《はなやまかいかん》は、児童公園《じどうこうえん》のそばにある鉄筋《てっきん》二階《かいだ》建ての建物《たてもの》で、自治会《じちかい》や子《こ》ども会《かい》の集まり、地域《ちいき》の行事《ぎょうじ》といったものから、お習字《しゅうじ》や俳句《はいく》などの教室、はては健康器具《けんこうきぐ》の実演販売《じつえんはんばい》などのキャンペーンにも利用《りよう》される。

手作《てづく》りチョコの講習会《こうしゅうかい》は、午後《ごご》一時からだったが気のはやいハチベエは、三十分前には会館《かいかん》の玄関《げんかん》に到着《とうちゃく》した。と、メルシーの主人《しゅじん》たちも、すでにライトバンで乗りつけていて、店員《てんいん》さんが、玄関ロビーに受付《うけつけ》のテーブルを準備《じゅんび》していた。

受講生《じゅこうせい》は、さすがにまだひとりもやってきていない……。と、思ったら、ロビーよこてのいすに、三人の少女がすわっていた。

長い髪《かみ》をせなかまでたらして、チェックのスカートに長そでの白いセーターを着《き》た女の子。今ひとりはジーンズにジャンパーという、ラフなスタイルをした女の子で、この子は髪もみじかかった。もうひとりは、おさげの女の子で、この子は紺色《こんいろ》のブレザーを着《き》こんでいる。

さいしょ、ハチベエは、おなじクラスの荒井陽子《あらいようこ》、榎本由美子《えのもとゆみこ》、安藤圭子《あんどうけいこ》の三人組かと思った。が、よく見ると、三人とも、ハチベエの知らない顔《かお》だ。しかし、いずれおとらぬかわいこちゃんぞろいだ。

三人は、それぞれひざの上にバッグをおいていて、ショートカットの女の子が、なかからとりだしたエプロンを、ほかの女の子に披露《ひろう》している。どうやら受講生《じゅこうせい》にまちがいなさそうだ。

　そのとき、受付《うけつけ》の準備《じゅんび》がととのったらしい。メルシーの店員《てんいん》さんが、少女たちに声をかけた。

「お待たせしました。受付はじめますよ。」

　女の子たちがいっせいに立ちあがって、テーブルのそばにあつまった。ハチベエも彼女《かのじょ》たちのうしろにまわりこむ。

「ええと、お名前おしえてください。」

　メルシーの店員さんがたずねると、ショートカットの女の子が、元気よくこたえた。

「花山《はなやま》第一小学校六年一組、深町《ふかまち》さくらでーす。」

「あら、名前だけでいいんじゃないの。」

　ロン毛《げ》の子がわらいながら、「おなじく三橋《みつはし》さやかです」と、こたえた。

　さいごにおさげの子が、

「よろしくおねがいします。高畠《たかはた》のぞみです。」

いちばんおちついた声でいうと、受付《うけつけ》の女のひとも、笑顔《えがお》で三人を見まわす。

「これはきょうのテキストです。はじまるまで、目をとおしておいてください。会場《かいじょう》は、この廊下《ろうか》のいちばんおくです。調理実習室《ちょうりじっしゅうしつ》って書いてあるへやね。」

三人が受付のテーブルをはなれたところで、ハチベエは、ずいとテーブルに近づいた。

そして、彼女《かのじょ》たちにきこえるていどの声でつたえた。

「花山《はなやま》第二小学校六年一組、八谷良平《はちやりょうへい》です。手作《てづく》りチョコの審査員《しんさいん》です。」

ハチベエの声は、明らかに三人の少女たちにつたわったようだ。その証拠《しょうこ》に、三人が足をとめてうしろをふりかえった。

受付の女性《じょせい》は、手もとの名簿《めいぼ》に顔《かお》を近づけていたが、やがて顔をあげた。

「八谷《はちや》くん、申《もう》しこみはしましたか。」

「だから、ぼくは審査員なんです。」

メルシーの店員《てんいん》は、けげんな顔で、なおもハチベエをながめている。

「きみ、チョコレートつくりにきたんじゃないの。」

メルシーの主人《しゅじん》は、ハチベエたちのことを店員たちにつたえていないのではないだろうか。三人の女の子たちも、興味津々《きょうみしんしん》といった顔《かお》で、ハチベエの顔と受付《うけつけ》の女のひとの顔をかわりばんこにながめはじめた。

そのとき、廊下《ろうか》のおくのほうから白い仕事着《しごとぎ》を着《き》こんだケーキ屋《や》の主人《しゅじん》が、すがたを見せた。

「浜田《はまだ》さん、おれ、きょうの審査員《しんさいん》だよねえ。」

ハチベエは、ほっとしながら声をかける。さすがに主催者《しゅさいしゃ》はハチベエのことを承知《しょうち》していて、すぐさま受付の女性《じょせい》に、彼《かれ》が本日《ほんじつ》の審査員だということを証言《しょうげん》してくれた。そして、

「せっかくだから、きみも手作《てづく》りチョコをつくってごらんよ。」

そういって、テキストをおしつけてきた。

コンテストまではどうせひまなのだから、みんなと楽しくチョコレートをつくるのもいいかもしれない。おまけに参加料《さんかりょう》も無料《むりょう》なのだ。ただ、審査員が、あまりおかしな作品をつくらないよう気をつけなくてはならない。

それにしても、この調子《ちょうし》だと、ハカセやモーちゃんも受付で足どめをくってしまうかもしれない。ここは彼らの到着《とうちゃく》まで待っていてやったほうがいいだろう。ハチベエは、そう

判断《はんだん》すると、ロビーのすみにおいてあるソファに腰《こし》をおろした。

背後《はいご》で遠慮《えんりょ》がちな声がしたのは、そのときだ。

「ねえ、きみ、第二小でしょ。きょうのコンテストの審査《しんさ》するの。」

ふりかえるとさきほどの美少女三人組のひとり、ショートカットの子が、ハチベエの顔《かお》をながめている。彼女《かのじょ》のうしろには、ほかのふたりがからだをよせあいながら、これまたじっとハチベエの顔を見つめているのだ。

「あ、ああ。メルシーのおじさんにたのまれてね。チョコレートを贈《おく》られるものの気持ちになってえらんでほしいって。」

「ふうん。そうなんだ。きみ、八谷《はちや》くんていうんでしょ。もしかして、商店街《しょうてんがい》のやお屋《や》やってるとこの子ども……?」

思わず少女の顔を見かえす。まるい顔に、目がくりくりっとして、キューピー人形みたいなあいきょうのある顔つきだ。

「よく、知ってるなあ。」

「あっ、ハチベエくんでしょう。」

ショートカットが、背後《はいご》のふたりをふりかえる。

「やっぱり、そうよ。やお屋《や》のハチベエくん……。きょうのコンテストの審査員《しんさいん》するんだって。」

「すごい。あのね、あたしたち、第一小の六年生なの。あたしは三橋《みつはし》さやか。よろしくね。」

ロン毛《げ》の女の子が、大胆《だいたん》にもハチベエのそばにすりよってきた。

「ねえ、あたしが心をこめてつくったチョコレート、プレゼントするからさ。だから審査のとき、おねがいします。」

「あら、さやか、ひとりだけずるいぞ。あた

し高畠《たかはた》のぞみです。あたしもプレゼントするわ。だからよろしくおねがいします。」

おさげの子が反対側《はんたいがわ》から手をとらんばかりにたのみこむ。こんなのを役得《やくとく》というのだろうか。ハチベエ、はやくも天にものぼる気持ちになってきた。

そのとき、またしても背後《はいご》でかん高い声がした。

「八谷《はちや》くん、どうしたのよ。きみの家にむかえにいったのよ。」

荒井陽子《あらいようこ》が、つかつかとハチベエのそばに接近《せっきん》すると、まわりの女の子たちを、じろりと見まわしておいてから、さっとハチベエの手をとった。

「ちょっと、話があるの。こっちにきてくれない。」

見れば、玄関《げんかん》さきに花山《はなやま》第二小学校六年一組の女性《じょせい》ばかりが十人もたむろして、ハチベエのほうを注目《ちゅうもく》している。

陽子に手をとられてグループのそばまでいくと、群《む》れのなかから圭子《けいこ》がすすみでた。

「八谷くん、あの子たち第一小の子でしょ。」

「ああ、そうみたいだな。」

「八谷くんが、第一小の女の子たちと仲《なか》がいいなんて、ちっとも知らなかった。」

圭子《けいこ》が、わざとらしくまわりの女性《じょせい》たちを見まわすと、十人ばかりの女の子たちがいっせいにうなずいてみせる。

「ま、いいわ。仲《なか》よくしてもいいけど、八谷《はちや》くんは、第二小の子どもなんだものねえ。いざというときは、あたしたちの味方《みかた》してくれるわよね。」

「あたりまえよ。八谷くんは、あたしたちのクラスメイトなんだもの。バレンタインには、すてきなチョコをプレゼントするわ。」

「あらあ、あたしなんか、もっとすてきなものあげようかなあ。」

榎本由美子《えのもとゆみこ》が意味《いみ》ありげにいうと、圭子がそそのかすようにあとをついだ。

「ユッコ、すてきなものって、なによ。」

「ふふふ、それは、ひ・み・つ……。」

この時点《じてん》で、ハチベエの魂《たましい》は、花山会館《はなやまかいかん》のはるか上空《じょうくう》、高度《こうど》一万《まん》メートルまで舞《ま》いあがってしまっていたのである。

2

手作《てづく》りチョコの会場《かいじょう》は調理実習室《ちょうりじっしゅうしつ》だった。へやのなかにいくつもの調理台《ちょうりだい》がならんでいて、それぞれのテーブルであらいものもできるし煮炊《にた》きもできる。

受付《うけつけ》をすませた講習会《こうしゅうかい》の参加者《さんかしゃ》が、三々五々《さんさんごご》へやにはいっていくと、メルシーの店員《てんいん》さんが調理台にふりわけていく。どうやら一つの調理台に五人ずつのグループにわけているようだ。

モーちゃんとハカセは定刻《ていこく》ぎりぎりにやってきて、ハチベエの口添《くちぞ》えで、なんとか審査《しんさ》員《いん》のポストにありつくことができた。

ハカセの妹《いもうと》のほうは、おなじ四年生の友だちと、はやばやとやってきていたので、とっくの昔《むかし》に調理台のそばにすわっていた。

「きみたちは、そうだねえ。うん、そこにすわってください。」

メルシーの主人《しゅじん》みずから、審査員たちをいちばん前列右端《ぜんれつみぎはし》の調理台にすわらせた。そこには、すでに先客《せんきゃく》がふたり、丸《まる》いすにこしかけていた。

ひとりはめがねのさえない女性《じょせい》だ。歳《とし》は二十歳《はたち》くらいだろうか。もうひとりは、なんと七十くらいのおばあさんだった。

ハチベエたちがいすにすわると、おばあさんのほうが、にこにこわらいながら、ていねいにおじぎをした。

「ぼうやたちも、チョコレートつくるのね。わたくしは吉本真理子《よしもとまりこ》と申《もう》します。よろしくね。」

三人もつられておじぎをする。もうひとりのめがね女は知《し》らん顔《かお》をして、テキストに目をおとしている。

三人が席についたところで、店員《てんいん》の女性が講習会開催《こうしゅうかいかいさい》を宣言《せんげん》した。まずはメルシーの主《しゅ》人浜田富雄氏《じんはまだとみおし》が、挨拶《あいさつ》がてら、きょうのスケジュールを説明《せつめい》した。それによると、まずはチョコレート作《づく》りの基本的《きほんてき》な作業《さぎょう》をマスターする。

さいしょはいちばんかんたんなハート型《がた》のチョコをつくって、その後《ご》、生《なま》チョコやデコレーションケーキ、クッキーなどをつくるのだそうだ。

ここまでが講師《こうし》の指導《しどう》による実習《じっしゅう》で、あとは、それぞれが自分《じぶん》の好《す》きなチョコに挑戦《ちょうせん》して、これを審査員《しんさいん》が審査するのだそうだ。

「それでは、いよいよ実習にうつりますが、そのまえに助手《じょしゅ》を紹介《しょうかい》しておきます。わたしのよこにおりますのが、現在当店《げんざいとうてん》のケーキ責任者《せきにんしゃ》、工藤京助《くどうきょうすけ》くんです。彼《かれ》はミドリ市《し》の出身《しゅっしん》で、高校卒業後《そつぎょうご》、昨年《さくねん》まで東京銀座《とうきょうぎんざ》の『フランソワ』ではたらいておりましたが、昨年《さくねん》より地もとに帰り当店ではたらいております。」

浜田《はまだ》さんのよこにいた、白い作業服《さぎょうふく》に白いぼうしをかぶった長身《ちょうしん》の青年《せいねん》が、にこりともしないでおじぎをした。

スタッフの女性《じょせい》たち三人も、いつのまにかそろいのエプロンに白いバンダナで頭《あたま》をおおっていた。

そういえば教室の受講生《じゅこうせい》も、さいしょからエプロンをしたり頭にバンダナをまいたりしている。ハチベエたち審査員は、そんなものは持参《じさん》してない。

ふたたび浜田さんが話しはじめた。

「それでは、これから、手作《てづく》りチョコレートをつくるわけですが、ごぞんじのようにお菓《か》子《し》のチョコレートは、カカオという植物《しょくぶつ》の種子《しゅし》をすりつぶした粉末《ふんまつ》に、ミルクや砂糖《さとう》などをくわえてつくってあります。固形《こけい》のチョコレートは、摂氏《せっし》二十度をこえるととけはじめることはごぞんじですね。もっと温度《おんど》をあげればどろどろになりますし、冷《ひ》やせば固形にもどります。こうした性質《せいしつ》を利用《りよう》して、自分好《じぶんごの》みのかたちにかためることもできるし、とかしたチョコレートに生《なま》クリームやはちみつ、あるいはココアをくわえて、ちがった風味《ふうみ》の材料《ざいりょう》にしてしまうこともできます。

あるいは、ナッツやフルーツにチョコレートをコーティングしたり、パウンドケーキにデコレーションすればチョコレートケーキができます。それではもっとも基本的《きほんてき》な作業《さぎょう》をはじめましょう。」

浜田《はまだ》さんが、調理用《ちょうりよう》のチョコレートのかけらをとりだした。

「このチョコレートのかけらを、包丁《ほうちょう》でこまかくきざむ作業をしてもらいます。」

助手《じょしゅ》の青年《せいねん》が実演《じつえん》してみせたのち、みんなは調理台《ちょうりだい》の上におかれた材料から、チョコレートのかけらをとりだして、これまた各自《かくじ》のまえにおかれたまな板《いた》にのせ、用意《ようい》された包丁をつかってきざみはじめた。おなじ調理台にいるめがね女も、おばあさんも、手なれたようすで包丁《ほうちょう》をつかっているところをみると、なんどか手作《てづく》りチョコに挑戦《ちょうせん》したことがあるのだろう。ほかのテーブルの女性《じょせい》たちも、楽しそうに作業《さぎょう》をはじめている。

ハチベエたちも見様見真似《みようみまね》で、チョコレートを包丁で切りはじめた。

「チョコレートは、均一《きんいつ》な大きさになるように、できるだけこまかくきざんだほうが、とけやすいですからね。そうそう、包丁の先端《せんたん》をかた手でおさえてそこを軸《じく》にして、柄《え》のほうをうごかしていくと、いいですね。」

先生や助手《じょしゅ》、それにメルシーの店員《てんいん》もくわわって、生徒《せいと》たちのあいだをまわりながら、チョコレートの砕《くだ》きかたを指導《しどう》してくれた。

まあ、これくらいならハチベエやモーちゃん、ぶきっちょなハカセにも、なんとかできないことはない。

こまかくきざんだチョコレートは、それぞれの調理台《ちょうりだい》でひとまとめにしてボウルにいれてとかすのだが、火にかけてとかすのではなくて、お湯《ゆ》のはいった容器《ようき》につけて、お湯の熱《ねつ》でとかすのだ。これを湯煎《ゆせん》というそうだ。

「お湯の温度《おんど》は最高《さいこう》六十度までです。チョコレートがまんべんなくとけるように、ゴムベらでかきまぜますが、このとき、ボウルのなかにお湯《ゆ》がはいらないように気をつけてください。」

これまた助手《じょしゅ》が実演《じつえん》してみせたのをまねして、それぞれのテーブルで湯煎《ゆせん》をはじめた。まず大きめのボウルに熱湯《ねっとう》をいれて、温度計《おんどけい》で温度を見ながら六十度までさがるように水をくわえていく。

「あたし、目が見えにくいの。おじょうさん、温度みてくださる。」

おばあさんが、めがね女にたのんだ。

「あたしもお湯でめがねがくもるんです。きみ、ちょっと見てくれない。」

めがね女が反対側《はんたいがわ》につっ立っているモーちゃんを指名《しめい》したので、モーちゃんは一生《いっしょう》けんめい温度計の目盛《めも》りに注目《ちゅうもく》した。

「いいこと、お水をいれるわよ。」

めがね女がすこしずつ水をいれながらかきまわす。

「ああ、七十度です。今、六十六度……。ストップ。五十八度になりました。」

なんとか規定《きてい》の温度にすることができたので、こんどはハカセが慎重《しんちょう》な手つきでチョコレートのはいったボウルをお湯《ゆ》の上にのせた。

「よし、おれがまぜてやろう。」

ハチベエがゴムべらをつかんで、よこからボウルのなかにつっこむ。お湯であたためられたチョコレートは、はやくもねっとりして、はしっこのほうはとけはじめていた。

「なんだ、かんたんじゃないか。」

ハチベエが、いきおいよくかきまわしはじめた。

「ちょっと、ちょっと、そんなに乱暴《らんぼう》にかきまぜちゃだめよ。お湯がはいっちゃうじゃないの。」

めがね女がハチベエの手からゴムべらをとりあげて、みずから慎重《しんちょう》な手つきでまぜはじめた。そして、ときどきへらを持ちあげて、とけたチョコレートをたらしてみる。

「ほらね、こうすると、かたまりがのこってるのがわかるでしょ。」

「お姉《ねえ》さんじょうずですねえ。ベテランだなあ。」

モーちゃんが感心《かんしん》したようにいうと、めがね女が、ちょっと首《くび》をすくめた。

「これまで、なんども家でつくったんだけど、うまくいかなくて。それで、思いきって講《こう》習《しゅう》うけることにしたの。」

「あら、わたくしもよ。」

おばあさんも、なんどもうなずいた。

「おいしいチョコレートを贈《おく》ってやろうと思ってねえ。」

「ご主人《しゅじん》にプレゼントするんですか。」

めがね女もうちとけたようすで質問《しつもん》した。

「亭主《ていしゅ》は、三年前に亡《な》くなったんですよ。」

「あ、ごめんなさい。へんなこときいちゃって。」

めがね女は、こんどはハチベエたちを見まわした。

「きみたちは、どういう理由《りゆう》で参加《さんか》してるの。ホワイトデーのためかなあ。」

さいしょはとっつきにくいと思っていたけれど、このお姉《ねえ》さん、けっこう気さくなタイプらしい。

「おれたち、きょうの手作《てづく》りチョコンテストの審査員《しんさいん》なんです。」

ハチベエが胸《むね》をそらせた。

「審査員《しんさいん》なの。へえ、知らなかった。あたし、村田美鈴《むらたみすず》です。あたしの作品も、よろしくおねがいするわ。」

湯煎《ゆせん》が終わると、とかしたチョコレートにココアの粉《こな》をまぜる。こうすると金型《かながた》からはがしやすくなるし、かたまったチョコレートの表面《ひょうめん》がなめらかになるのだそうだ。

ココアがじゅうぶんまざったところで、各自《かくじ》でハート形の金型に流しこんで、へやのすみにある大型冷蔵庫《おおがたれいぞうこ》にいれて冷《ひ》やす。

「あとでとかしたホワイトチョコレートで、文字《もじ》やイラストをいれて完成《かんせい》させます。どうですか、うまくチョコレートがとけましたか。こまかくきざんでおくと湯煎もらくですし、よりなめらかなチョコレートの溶液《ようえき》ができます。」

浜田《はまだ》さんが、まとめのことばを述《の》べた。ここまでは、それほどむずかしくはないから、どのテーブルもスムーズに作業《さぎょう》をすすめているようだ。

「さて、こんどは生《なま》チョコをつくってみましょう。まず、生チョコの材料《ざいりょう》になる、ガナッシュというものをつくります。こんどは火をつかいますからじゅうぶん注意《ちゅうい》してください。」

メルシーの主人《しゅじん》は、つぎなる作業《さぎょう》をはじめた。

3

生《なま》チョコというのは、やわらかいチョコレートで、まわりにココアの粉《こな》がまぶしてあるお菓子《かし》だ。いかにも高級《こうきゅう》な感《かん》じがするが、自分《じぶん》でかんたんにつくれるようだ。

講師《こうし》の指示《しじ》で、ふたたびチョコレートのかたまりをこまかくきざむ作業からはじまった。いったんこまかくしたチョコレートをボウルにいれておき、べつのお鍋《なべ》で、はちみつをくわえた生《なま》クリームを過熱《かねつ》して沸騰《ふっとう》させる。沸騰したはちみつ入り生クリームをいっきにチョコレートのはいったボウルにうつし、泡立《あわだ》て器《き》でかきまぜる。

「これで、はちみつ入りのガナッシュのできあがりですね。あとは、これをオーブンシートをしいたパットのなかに流《なが》しこんで、冷蔵庫《れいぞうこ》で冷《ひ》やします。」

講師のことばで、ハチベエたちは、ココア色のねばっこい液体《えきたい》を、シートをしいたひらべったいパットのなかに流しこんだ。

「ちょっと、八谷《はちや》くんだったかしら。チョコレートを流《なが》しこむときはね、そっと流しこむほうがいいわよ。」

おばあさんがハチベエの上着《うわぎ》をつつく。このおばあさん、さっきから、ハチベエのうしろにくっついていて、やたらちょっかいをだしてくる。

「あのばあさん、うっとうしいなあ。なんで、おればっか、口だすんだよ。」

ハチベエが、ハカセにぐちをこぼす。

「きみのやりかたが、見てられないんじゃないの。」

「だいたい、あんな年《とし》よりがバレンタインのチョコレートをつくって、なににするつもりなのかねえ。」

かげではぶつくさいいながらも、いざ吉本真理子《よしもとまりこ》さんに話しかけられると、ハチベエもすなおに指示《しじ》にしたがっている。

生《なま》チョコも、冷蔵庫《れいぞうこ》でじゅうぶん冷《ひ》やしたあとに、包丁《ほうちょう》で切りわけて、一つずつココアパウダーをまぶして完成《かんせい》させるのだそうだ。

今回《こんかい》も、モーちゃんは、重要《じゅうよう》な作業《さぎょう》はさせてもらえず、見学《けんがく》とあとかたづけの係《かかり》となった。ガナッシュを流《なが》しこんだあとのからになったボウルをかたづけようと、ボウルをかかえあげたとき、指《ゆび》さきにガナッシュがくっついた。思わず口に持っていくと、チョコクリームの風味《ふうみ》が口いっぱいにひろがった。

「うわー、おいしい。」

こんどは、人《ひと》さし指《ゆび》でボウルにくっついたガナッシュをしっかりかきとって、ぺろりとなめる。

「おまえ、つまみ食《ぐ》いするなよ。」

注意《ちゅうい》しながら、ハチベエも、ボウルのなかに指をつっこんだ。

「きみたち、なにしてるの。」

ハカセもそばによってきた。

「このボウル、あらってしまうんだけど、まだチョコがくっついてるからもったいないよ。」

モーちゃんの力説《りきせつ》に、ハカセも指のさきにガナッシュをすくいとってなめる。

「うん、おいしい。あたたかい生《なま》チョコなんて、はじめて食べたよ。」

三人は、しばしのあいだ、つまみ食《ぐ》いの楽しみにひたったものだ。

つぎに挑戦《ちょうせん》したのは、デコレーションケーキだった。小さなスポンジケーキの上に、とかしたチョコと冷《つめ》たい生《なま》クリームをまぜてつくったホイップクリームで、飾《かざ》りつけをする。

「ガナッシュは、沸騰《ふっとう》した生クリームをまぜあわせましたが、ホイップクリームの場合《ばあい》は、冷たいクリームとまぜあわせます。二つがよくまざりあうように泡立《あわだ》て器《き》でかきまぜてください。」

今回《こんかい》は、各自《かくじ》が自分《じぶん》のスポンジケーキに飾りつけをすることになった。

つくったホイップクリームを、まずはたっぷりとスポンジケーキの上にたらして、パレットナイフでぬりつけていく。たちまちチョコレート色《いろ》のケーキができあがった。

これに、しぼり袋《ぶくろ》にいれた生クリームで、飾りをつくる。とかしたホワイトチョコで、ケーキの表面《ひょうめん》に絵を描《か》くこともできる。

「デコレーションには、イチゴやレーズン、コーヒー豆などをのせてもいいですよ。チェリーやナッツもいいですね。」

スタッフがへやのなかをまわりながら、それぞれのデコレーションケーキの手助けやアドバイスをはじめた。

「ねえ、ねえ。八谷《はちや》くん、あたしの傑作《けっさく》みてよ。」

となりの調理台《ちょうりだい》にじんどっていた、おなじクラスの高橋《たかはし》ひとみがハチベエの肩《かた》をつついた。

ひとみのまえに、こってりとチョコレートのぬられたケーキがおかれている。こげ茶色《ちゃいろ》のケーキの上にとかしたホワイトチョコで、ネコの絵が描《か》かれていた。目玉《めだま》は銀色《ぎんいろ》の粒《つぶ》をあしらっている。ひとみはマンガ家志望《かしぼう》で、絵がうまい。チョコで描かれたネコも、なかなかリアルだ。

「ふうん、うまいもんだなあ。」

ハチベエは、すなおに感嘆《かんたん》の声をあげる。

「審査員《しんさいん》にそういわれると、悪《わる》い気はしないわねえ。」

ひとみも、まんぞくそうな笑顔《えがお》を見せた。

そのとき、よこのほうから声がした。

「あら、おじょうず。でも、なんだか食べるのがかわいそうねえ。」

花山《はなやま》第一小の美女三人組が、ハチベエのそばに近よってきた。

「チョコレートはお菓子《かし》だものね。動物とかひとの顔《かお》をデザインするのは、どうかと思うなあ。」

ショートカットの女の子が、ひとみのチョコをちらりと見てから、こんどはハチベエの手もとをのぞきこむ。

「八谷《はちや》くんは、もうつくったの。」

「おれか、おれは、とっくにできてるぜ。」

ハチベエは、チョコレートをぬりたくった上に、生《なま》クリームのホイップを、ウンコ形《がた》にもりつけた、我《わ》がケーキを披露《ひろう》した。

「さすが、審査員《しんさいん》はちがうなあ。いかにもおいしそうね。ちょっとあたしたちの作品《さくひん》も見にきてくれない。」

第一小の美女三人組が、ハチベエを自分《じぶん》たちの席のほうに拉致《らち》するのを、花山第二小学校の女の子たちがだまって見ているわけがない。調理台《ちょうりだい》につくまえに、数人《すうにん》の女の子が三人のまえを封鎖《ふうさ》した。

「あんたたち、なに、うろちょろしてるのよ。あんたの席は、あっちでしょ。」

安藤圭子《あんどうけいこ》が一喝《いっかつ》したので、第一小の三人も、いくぶん鼻白《はなじろ》んだようだ。

「ほかのひとたちの作品《さくひん》も参考《さんこう》にしようと思っただけよ。ねえ……」

「そうよ。第二小のひとたちって、なんだかこわそうねえ。

ハチベエくん、毎日苦労《くろう》してるんじゃないの。」

「えっ、やっぱ、わかるか。」

ハチベエが、でれりと鼻《はな》の下を長くしたとたん、ふたたび圭子の声がとんだ。

「八谷《はちや》くんもふらふらしてないで、自分《じぶん》の席にもどりなさい！」

「はい！」

ハチベエ、目がさめたように、そそくさと自分の場所《ばしょ》へともどっていった。

デコレーションケーキの飾《かざ》りつけが終わったところで、ついでに冷蔵庫《れいぞうこ》で冷《ひ》やしておいたハート形《がた》のチョコレートを金型《かながた》からはずし、表面《ひょうめん》にホワイトチョコで絵や文字を描《か》くことになった。

とけたホワイトチョコを、しぼり袋《ぶくろ》にいれて、細い線で文字を書いたり、絵をいれるの

だが、これが意外《いがい》とむずかしい。

ハカセはハートの中央《ちゅうおう》に、二月十四日という日《ひ》づけと、花山会館《はなやまかいかん》という文字をいれることにしたが、四の字のまんなかがつぶれてしまい、花山会館にいたっては、まったく判読《はんどく》不能《ふのう》になってしまった。

「ああ、しまったなあ。もっとかんたんなローマ字にすればよかった。」

ハチベエは、ハートの表面《ひょうめん》に、ななめの線をいれて、これに矢じりと尾羽《おばね》をつけて、キューピッドの矢にしたつもりだが、これは本人《ほんにん》だけが、そう思っているだけで、他人《たにん》からは、ハートにななめに亀裂《きれつ》がはいっているように見えるだけだ。

モーちゃんも、なんとかアイディアをひねりだそうと、チョコレートの表面をにらんでいたが、なかなかいいデザインを思いつかない。ほかのひとはどんな絵にしてるのかなと、頭《あたま》をあげて、向《む》かい側《がわ》の席を見た。吉本《よしもと》のおばあさんが、チョコレートの上につっぷしている。

えらく熱心《ねっしん》だなあ。あんなかっこうで絵が描《か》けるのかなあ。

モーちゃんは、ぼんやり思った。

そのとき、しぼり袋《ぶくろ》をあやつっていためがねの村田《むらた》さんも顔《かお》をあげて、となりのおばあさんを見た。

村田さんはすこしのあいだ、ふしぎそうにおばあさんのせなかを見つめていたが、そのうち気になったようすで、その肩《かた》に手をかけた。

「おばあちゃん、どうしたの。気分悪《きぶんわる》いの。」

そのとたん、おばあさんのからだが、丸いすの上から、ずるずると床《ゆか》にくずれおちたのである。

「きゃーっ」という悲鳴《ひめい》が、村田さんの口からとびだした。むろん、モーちゃんもいすから立ちあがったし、教室《きょうしつ》の子どもたちも、いっせいにこちらに目をやった。

「どうかなさったんですか。」

浜田《はまだ》さんがあわてて駆《か》けつけて、床《ゆか》によこたわるおばあさんの顔を、おっかなびっくりのぞきこんだ。

「おばあさん、だいじょうぶですか。」

浜田さんが肩をゆすると、おばあさんが、かすかにうめき声《ごえ》をあげた。さいわい、まだ

死んではいない。

「おい、だれか救急車《きゅうきゅうしゃ》よぶんだ。長崎《ながさき》くん、このおばあさんの連絡先《れんらくさき》に電話。」

浜田《はまだ》さんが、店員《てんいん》さんにてきぱきと指示《しじ》をあたえる。

そのとき、まわりにあつまった子どもたちのなかから、声がした。

「あたし、吉本《よしもと》のおばあちゃんの家、知ってます。」

第一小学校のおさげの女の子が、緊張《きんちょう》した顔《かお》で立っていた。

「家に電話しても、だれもいないと思います。吉本のおばあちゃん、ひとり住まいだから……」

4

手作《てづく》りチョコの講習会《こうしゅうかい》は、思わぬ出来事《できごと》のために、なんともしまらない結末《けつまつ》をむかえようとしていた。

救急車《きゅうきゅうしゃ》が到着《とうちゃく》して、いざ、おばあさんを病院《びょういん》にはこぶことになったとき、だれかがつきそわなくてはならなくなった。

「わたしがいこう。福江《ふくえ》くんもいっしょにおいで。あとは、工藤《くどう》くん、よろしくたのむ。」

メルシーの主人《しゅじん》は、そういうと、店員《てんいん》のひとりを連れて救急車《きゅうきゅうしゃ》に乗りこんだ。

あとにのこされた助手《じょしゅ》の工藤さんや店員さんは、とほうにくれたような顔《かお》で、しばらくのあいだ立ちつくしていた。

いっぽう受講者《じゅこうしゃ》たちも、今やチョコレートよりも、ふいにたおれたおばあさんのことのほうに関心《かんしん》があった。

「おい、おまえ、おばあさんの家、知ってるっていったよなあ。」

ハチベエが第一小の少女にたずねると、おさげの少女は、なんども首《くび》をうなずかせた。

「あのおばあちゃん、中町《なか》の大きな家に住んでるの。でもひとり暮《ぐ》らしだってきいたわよ。」

「子どもさんとか、どなたか市内には住んでいないのかしら。」

めがねの村田《むらた》さんも首をつっこんできた。

「そういえば、いつだったか、あたしくらいの女の子が庭《にわ》であそんでるの見たけど。でも、知らない子でした。たぶん、うちの学校じゃないと思います。」

「ご近所《きんじょ》でどなたか、吉本《よしもと》さんと親《した》しいひとといらっしゃらないの。」

村田《むらた》さんのことばに、おさげの少女は、こまったように首《くび》をかしげる。この子は、たしか高畠《たかはた》のぞみとかいったはずだ。

「あたし、家は知ってますけど、おばあちゃんのことは、よく知らないんです。」

「でも、ご近所にきけば、どなたか親しいひとがいるかもね。」

村田さんが、まだ教室のまえで、店員《てんいん》と相談《そうだん》している助手《じょしゅ》に声をかけた。

「あのう、吉本さんの家にだれか、いかれましたか。」

「あ、それはうちの店長《てんちょう》が、連絡《れんらく》つけると思います。ええ、みなさん、どうもおさわがせしました。それでは講習《こうしゅう》をつづけましょう。」

助手が、いちだんと声をはりあげたが、とても浜田《はまだ》さんのように、みんなにおしえる自《じ》信《しん》があるようには見えない。

ともかく、ようやく中断《ちゅうだん》した講習がはじまった。さっき冷蔵庫《れいぞうこ》で冷《ひ》やしておいた生《なま》チョコをとりだして、ナイフで碁盤《ごばん》の目のような切《き》れめをいれる。そして、長方形《ちょうほうけい》の四角なチョコを、ひとつひとつ、ココアパウダーのなかでころがして、生チョコを完成《かんせい》させた。

「これで、チョコレートをつかった基本的《きほんてき》な調理方法《ちょうりほうほう》はいちおうマスターされたと思いますので、のこりの時間は、それぞれが自分《じぶん》のアイディアをいかした手作《てづく》りチョコをつくってみてください。」

工藤《くどう》という若《わか》いお菓子職人《かしょくにん》は、もうおしえることはなにもないといった顔《かお》で、さっさと教壇《きょうだん》をはなれて、受講生《じゅこうせい》のなかをまわりはじめた。

自由《じゆう》につくれといわれても、いったいどんなチョコレートをつくればいいのか。

「ねえ、ハカセちゃん、どんなチョコレートつくるの。」

モーちゃんが、三人のなかではアイディアの豊富《ほうふ》なハカセにおうかがいをたてる。

「ぼくは、めんどうな技術《ぎじゅつ》のいらないのがいいよ。なにかのかたちにかためるのがいいな。ああ、そこに星形《ほしがた》の金型《かながた》があるから、あれにいれてかためて、表面《ひょうめん》にアーモンドでもちらすことにするよ。」

「じゃあ、ぼくは、やっぱりスポンジケーキの上にチョコレートをかけて、いろんなものをのせようかなあ。あれがいちばんボリュームあるよねえ。」

モーちゃんは、さきほどつくったデコレーションケーキを、もうひとつつくるつもりらしい。

思わぬアクシデントで動揺《どうよう》していた受講生《じゅこうせい》たちも、ふたたびチョコレートづくりに熱中《ねっちゅう》をはじめ、講習終了《こうしゅうしゅうりょう》まぎわには、それぞれが自信作《じしんさく》を完成《かんせい》させていた。

いよいよコンテストということになったが、その審査方法《しんさほうほう》について、工藤《くどう》さんとふたりの店員《てんいん》が、ふたたび顔《かお》をよせあって協議《きょうぎ》をはじめた。

が、やがて、工藤さんがみんなを見まわした。

「本来《ほんらい》は、店長《てんちょう》によって厳正《げんせい》な審査《しんさ》をする予定《よてい》でしたが、店長が不在《ふざい》のため、本日《ほんじつ》のコンテストは、みなさんに審査していただくことにしました。自分以外《じぶんいがい》の作品で、これはすばらしいと思う作品に手をあげてください。」

工藤さんのことばに、ハチベエは、目をまるくした。

「あれっ、話がちがうじゃないか。おれたち、なんのためにここにきたんだよ。」

ハカセが、ハチベエをなぐさめた。

「しかたないよ。彼《かれ》はご主人《しゅじん》からなにもきいていないいんだから。それに、かえって気がらくになったんじゃないの。きみが、もし審査員《しんさいん》になっていたら、あとであのひとたちから、かなり恨《うら》まれていたと思うなあ。」

ハカセが、そっとあごをしゃくって教室《きょうしつ》のなかの女性《じょせい》たちを指《さ》した。

「そうだよあ。第一小の作品《さくひん》をえらんだら、あとでクラスの女からひどいめにあうだろうなあ。でも、うちのクラスの女子をえらんでも、あとの連中《れんちゅう》はぜったい文句《もんく》いうぜ。」

「そういうこと。だから、審査員にならないほうがいいんだよ。」

「でもよ。そうすると、おれのところにチョコレートが、ひとつもこないってことになるんじゃないの。」

それでは、なんのために苦労《くろう》したかわからない。

「まあ、まあ、とにかく、ぼくらもみんなの作品を見てまわろうよ。」

ハカセにうながされて、ハチベエは、調理台《ちょうりだい》のあいだを歩きだした。

時間もあまりなかったし、たいしたことはならっていないような気がするが、それぞれの調理台の上には、さまざまなチョコレートがならんでいた。やはり、圧倒的《あっとうてき》におおいのは、さいごにマスターしたデコレーションケーキ風《ふう》の作品だ。これは、いちばん豪華《ごうか》に見えるし、材料《ざいりょう》もいろいろなものをつかえるからつくっていても楽しい。

もっともなかには、ハカセのように、たんにとかしたチョコレートを、金型《かながた》やタルト型という、銀紙《ぎんがみ》の容器《ようき》に流《なが》しこんだだけの不精派《ぶしょうは》もいた。それでもチョコとホワイトチョコを両側《りょうがわ》から流しこみ、冷《ひ》えたときにふたつが茶色と白の渦《うず》になってまざりあうようにくふうしたものもあったし、かたちも、ハートだけでなく、三角《かく》やひし形《がた》、あるいは動物のかたちにしたものもあって、それなりに楽しめた。

ビスケットの上にチョコをたらし、その上にレーズンをまぶしたものや、イチゴやバナナ、缶詰《かんづめ》のチェリーやミカンといったくだものを、まるごとチョコでコーティングしたものを小さな竹のかごにいれたものもあった。竹のかごは、たぶんあらかじめ家から持ってきたのだろう。

けっきょく、ひとつひとつの作品について、みんなが挙手《きょしゅ》をするというかたちで、選考《せんこう》をした結果《けっか》、花山《はなやま》中学の女の子のつくったデコレーションケーキが最優秀《さいゆうしゅう》となり、優秀賞《ゆうしゅうしょう》は、チョコフルーツバスケットと、生《なま》チョコになった。

ちなみにチョコフルーツバスケットの作者は、第二小学校六年一組の藤井理香《ふじいりか》で、彼女《かのじょ》はつねづねクラスの男子全員にチョコレートをプレゼントしてくれる博愛主義者《はくあいしゅぎしゃ》だ。今回の入賞《にゅうしょう》も、日ごろのおこないがむくわれたのかもしれない。

もうひとりは、ハチベエたちの調理台《ちょうりだい》にいためがねの村田《むらた》さんだ。村田さんの作品《さくひん》は、まんまるにまるめたガナッシュに、ココアや砂糖《さとう》をまぶした、白とこげ茶《ちゃ》のチョコトリュフだった。

ここまでの入賞者《にゅうしょうしゃ》には、それぞれメルシーの商品券《しょうひんけん》がプレゼントされた。そして、さいごに三人の入賞者が選考《せんこう》されたが、このなかに、意外《いがい》やモーちゃんもはいった。彼《かれ》のつくったボリュームたっぷりのデコレーションケーキが、みんなの注目《ちゅうもく》をあつめたのだろう。

彼ら三人の賞品《しょうひん》は、五百円の図書券《としょけん》一枚《まい》である。

「本日《ほんじつ》は、思わぬ事故《じこ》のために後半《こうはん》の講習《こうしゅう》がつぶれてしまいました。たいへん申《もう》しわけありませんでした。」

若《わか》いケーキ職人《しょくにん》のみじかい挨拶《あいさつ》で、講習会《こうしゅうかい》は終了《しゅうりょう》した。みんなは、メルシーが用意《ようい》してくれたケーキの箱《はこ》に、自分《じぶん》でつくったさまざまなチョコレートやケーキをおさめて会場《かいじょう》をあとにした。

「ねえ、きみたち……」

うしろから声がした。ふりかえるとめがねの村田《むらた》さんが立っていた。

「あたし、おばあちゃんのつくりかけのチョコレートを家にとどけてあげようと思うんだけど、きみたちもいかない。」

見ると、彼女《かのじょ》のうしろに例《れい》の第一小学校の女の子三人が立っていた。そういえば女の子のひとりが、吉本《よしもと》さんの家を知っているといっていた。

「う、うん、そうだな。」

ハチベエは、あとのふたりをふりかえる。

「おばあさんのこと、ちょっと心配《しんぱい》だね。いってみようか。」

さいしょに意思表示《いしひょうじ》したのは、意外《いがい》にものんびり屋《や》のモーちゃんである。

「ぼくたち自転車《じてんしゃ》なんですけど。村田さんは……?」

ハカセがぎゃくに質問《しつもん》した。

「あたしもよ。この子たちも自転車だから、ちょうどいいわね。」

花山中町《はなやまなかまち》なら自転車で十分もかからない。

村田《むらた》さんは、にっこりわらうと駐輪場《ちゅうりんじょう》のほうに歩きだした。

5

花山中町《はなやまなか》は、花山町の北《きた》どなりにある町で、この町の子どもは、みんな花山《はなやま》第一小学校にかよっている。

高畠《たかはた》のぞみは、いったん旭橋《あさひばし》のたもとに出ると、土手道《どてみち》を上流にむかって走りはじめた。JR《ジェイアール》の高架《こうか》をくぐり、正義館道場《せいぎかんどうじょう》という柔道《じゅうどう》の練習場《れんしゅうじょう》をすぎてしばらく走ると、ひだりてに高い塀《へい》をめぐらせた屋敷《やしき》が見えてきた。

「あれが吉本《よしもと》さんの家です。」

先頭《せんとう》をいくのぞみが、村田さんをふりかえった。

「まあ、あんなりっぱなお屋敷《やしき》なの。」

村田さんの自転車《じてんしゃ》のスピードががくんとおちた。のぞみのほうは、そのままのスピードで走りつづけ、あっというまに唐草模様《からくさもよう》の鉄格子《てつごうし》の門扉《もんぴ》のまえに到着《とうちゃく》した。石の門柱《もんちゅう》には

『吉本《よしもと》』という門札《もんさつ》がかかっていた。

「すごい豪邸《ごうてい》だねえ。」

ハカセが感心《かんしん》したように格子《こうし》ごしになかの建物《たてもの》を見あげた。門のまえからまっすぐにのびた道のさきに、つやのある青い瓦屋根《かわらやね》をつらねた大きな洋館《ようかん》がそびえている。

「あのばあさん、ほんとにこんな家にひとりで住んでるのか。」

ハチベエが信《しん》じられないといった顔《かお》で、のぞみをふりかえると、髪《かみ》の長い三橋《みつはし》さやかが、

「あたしも、見たことがあるけど、あのおばあさん、いつもひとりで散歩《さんぽ》してるわねえ。」

そういいながら、ショートカットの深町《ふかまち》さくらのほうを見たが、さくらはおばあさんとは面識《めんしき》がないらしく、小さく首《くび》をかしげただけだ。

門は、ぴたりととじられているし、ここからでは屋敷内《やしきない》のようすは、とんとうかがえない。

「どなたかいらっしゃるかもしれないから……。」

村田《むらた》さんが、決心《けっしん》したように門のそばのインターホンをおした。しかし、なんの応答《おうとう》もない。やはり屋敷にはだれもいないようだ。

「しかたないわねえ。近所《きんじょ》のひとにきいてみましょうか。」

村田《むらた》さんは塀《へい》の左右を見まわす。うまいぐあいに、道のななめまえにある住宅《じゅうたく》から、中年《ちゅうねん》のおばさんが顔《かお》をだしたところだった。村田さんが、いそいで声をかける。

「すみません。ここの吉本《よしもと》さんのことについておうかがいしたいんですけど。」

おばさんは、まずは村田さんの顔をながめ、それからうしろにしたがうハチベエたち小学生六名《めい》の顔を見わたした。

「吉本のおばあちゃんのこと……？　わたしは、あまりよく知らないんだけど。なにか……？」

「じつは、吉本さん、さきほど花山会館《はなやまかいかん》でたおれられて、救急車《きゅうきゅうしゃ》ではこばれたんです。吉本さんが会館にのこされたものをあずかっているものですから。家族《かぞく》のかたにわたせないかと思って……。」

おばさんの顔が、みるみるくもった。

「まあ、たいへん……。吉本のおばあちゃん、心臓《しんぞう》が悪《わる》いのよ。どこの病院《びょういん》ですか。」

「あ、それは、メルシーに連絡《れんらく》してみないと。あのですね。吉本さん、手作《てづく》りチョコの講《こう》習会《しゅうかい》に参加《さんか》しておられたんです。」

「こまったわねえ。おばあちゃんのむすこさんの連絡先《れんらくさき》、知らないのよねえ。かよいの家《か》政婦《せいふ》さんがいるんだけど、土日や祭日《さいじつ》はお休みだから……」

「この近所《きんじょ》で、吉本《よしもと》さんと親《した》しくされていたひとはいらっしゃいませんか。」

「そうねえ。あんまり隣《とな》り近所とおつきあいがある家じゃあないから……。べつにお高くとまってるっていうわけじゃないのよ。道で会えば、向こうからていねいに挨拶《あいさつ》されるんで、こっちが恐縮《きょうしゅく》するくらい。でもね、やっぱりねえ。」

おばさんは、そこで、ちょっと空を見あげて考えこんだ。

「そういえば、このさきの岡平《おかひら》さんが心安《こころやす》いんじゃないかしら。いつもあそこで花を買ってらっしゃるから。」

おばさんがあごで指《さ》したのは、吉本邸《よしもとてい》のかどにある十字路《じゅうじろ》をへだてた反対《はんたい》のかどにある花屋《はなや》だった。一行《いっこう》は、いそいで花屋の店《みせ》さきにまわった。

「吉本のおばあちゃまがたおれられたのなら、心臓《しんぞう》の発作《ほっさ》じゃないかしら。」

ここの女主人《おんなしゅじん》も、まゆをひそめた。

「おばあちゃん、心臓《しんぞう》のご病気《びょうき》があるの。だから、薬《くすり》といっしょに、いきつけの病院《びょういん》の連《れん》絡先《らくさき》と、むすこさんの連絡先を書いたカードを、いつも首《くび》からぶらさげていらっしゃったわよ。」

「ああ、そうですか。だったら、たぶん救急車《きゅうきゅうしゃ》のひとが見つけて、連絡してくださってますね。」

村田《むらた》さんは、ちょっと安心《あんしん》したようだが、ふと、持っていたおばあさんの手作《てづく》りケーキの箱《はこ》を花屋《はなや》の主人《しゅじん》のほうにつきだした。

「あの、これ、吉本さんが講習《こうしゅう》でつくられたチョコレートなんです。お孫《まご》さんにプレゼントされるときいてましたので、持ってきたんですが……」

「あ、そうなの。いいですよ。あしたになれば、お手伝《てつだ》いさんも見えられるだろうし、おばあちゃんの容体《ようだい》もわかると思うから。ええと、お名前と連絡先おしえてください。」

花屋の女主人《おんなしゅじん》は、きがるにケーキの箱をうけとった。

これで、なんとかおばあさんのチョコレートだけは、ぶじに本人《ほんにん》の手もとにとどくメドがついた。もっとも、それは、おばあさんの病状《びょうじょう》による。

「もしかすると、おばあちゃん、もう家に帰っているかと思ったんだけど……」

花屋《はなや》を出て、ふたたび屋敷《やしき》のまえまでもどってきたところで、村田《むらた》さんが、ほっとため息《いき》をついた。

「あのまま、死んじゃったりしないよなあ。」

ハチベエが、縁起《えんぎ》でもない発言《はつげん》をすると、モーちゃんが、とんでもないというふうに、はげしく首《くび》をふった。

「そんなことないよ。だって、たおれたあとだって、ちゃんと声が出てたもの。きっと病院《びょういん》で手当《てあて》したら、元気になるよ。」

「そうだよなあ。チョコレートつくるときは、あんなににこにこしてたんだものなあ。」

ハチベエも、あわてて前言《ぜんげん》をひるがえしてから、ふとあらためて、新しくお近づきになった第一小学校の美女たちを見まわした。

「ええと、おまえたちの家、この近くなの。」

「そうよ。あたしの家は、このさきのマンション、さやかの家もいっしょよ。さくらは、ちょっとはなれているけどね。」

ここまで案内《あんない》してくれた高畠《たかはた》のぞみが、花屋《はなや》のさきを指《ゆび》さした。

「おまえらのチョコレート、入選《にゅうせん》させられなくて悪《わる》かったなあ。メルシーのおじさんがいたら、おれが審査員《しんさいん》になれたんだけどよ。」

「いいわよ。きょうは楽しかったわ。第二小のハチベエくんにお目にかかれたんですもの。ねえ……」

おさげののぞみが、さやかとさくらをふりかえると、ふたりもおおげさにうなずいてみせた。

花山《はなやま》第一小学校の三人とは、吉本邸《よしもとてい》のまえでわかれ、家が西《にし》町だという村田《むらた》さんといっしょに、花山駅前《はなやまえきまえ》にむかった。家に帰る途中《とちゅう》で、いちどメルシーにより、吉本《よしもと》さんについての最新《さいしん》の情報《じょうほう》を手にいれるつもりだった。

メルシーのドアには臨時休業《りんじきゅうぎょう》の札《ふだ》がかかっていたが、かぎはかかっていなかったし、なかで、店員《てんいん》さんがショーケースのなかに、最優秀《さいゆうしゅう》と優秀賞《ゆうしゅうしょう》をとった手作《てづく》りチョコをかざっているさいちゅうだった。病院《びょういん》につきそった主人《しゅじん》も、そばに立っていた。

ハチベエたちを見ると、浜田《はまだ》さんは、なんども頭《あたま》をさげた。

「講習会《こうしゅうかい》があんなことになっちゃって申《もう》しわけない。」

「それより、おばあさんのおぐあいはどうなんですか。」

村田《むらた》さんが、ちょっと怒《おこ》ったようにたずねる。

「ああ、あのおばあちゃん、心臓《しんぞう》の持病《じびょう》があったみたいだね。首《くび》から薬《くすり》のはいった容器《ようき》がぶらさがっているのを救急隊員《きゅうきゅうたいいん》が見つけてね、すぐに飲《の》ませたんだよ。そしたら車のなかで元気になられた。ただ、いちおうようすを見たほうがいいので、行きつけの病院《びょういん》にはこんだんだ。市内《しない》のむすこさんにも連絡《れんらく》がついて、病院に見えられたから、われわれは失礼《しつれい》したんだが、ああいう持病のあるおとしよりとは知らなかったからなあ。もし、知っていたら講習会はご遠慮《えんりょ》ねがうんだが……」

浜田《はまだ》さんがちょっとしぶい顔《かお》をした。たしかに、おばあさんが病気《びょうき》にならなければ、講習会は、スムーズに進行《しんこう》しただろう。ハチベエたちが、審査員《しんさいん》をつとめることもできたはずだし、その結果《けっか》、おおくの女性《じょせい》からチョコレートをせしめることができたはずだ。

しかし……。

「それ、ちょっとひどいと思います。」

村田《むらた》さんが、かた手でめがねをずりあげた。

「吉本《よしもと》さん、一生《いっしょう》けんめいだったんです。おいしいチョコレートをつくりたくて、講習会《こうしゅうかい》に出られたんだから。」

「あ、そう、それはそうだね。」

村田さんのけんまくに、ケーキ屋《や》の主人《しゅじん》も、あわてていいなおした。

「ただ、結果的《けっかてき》に受講者《じゅこうしゃ》のみなさんに迷惑《めいわく》をかけてしまって、主催者《しゅさいしゃ》としては、それがつらいんですよ。ほんとはクッキーの焼《や》き方《かた》なども紹介《しょうかい》したかったし、みなさんのお手製《てせい》チョコレートのお手伝《てつだ》いもしたかったんですがねえ。」

浜田《はまだ》さんが、ショーケースのなかにかざられた、本日《ほんじつ》の最優秀作品《さいゆうしゅうさくひん》をふりかえった。

「きょうの講習会、すごく楽しかったですよ。それに参考《さんこう》になりました。これで、あたしもすてきなチョコレートができそうです。」

村田さんが、なんとなくハチベエをふりかえる。

このめがねの女性《じょせい》、はたしてだれにチョコレートを贈《おく》るつもりなのだろう。

ハチベエは、ちらりと想像《そうぞう》をめぐらせてみたものである。

3 ハチベエの当たり年

1

ぽかぽか陽気《ようき》の祝日《しゅくじつ》のよく日《じつ》は、また寒《さむ》い朝がもどってきた。

ハチベエはいつもどおり、全校生徒《ぜんこうせいと》のトップをきって校門をくぐり、霜柱《しもばしら》を踏《ふ》みちらかしながら南校舎《みなみこうしゃ》へといそいだ。

まずは六年一組のくつ箱《ばこ》のまえに立って、自分《じぶん》のたなをのぞきこむ。教室《きょうしつ》にはいると、だれもいない教室のなかを見まわしてから、そっと自分のつくえの荷物《にもつ》入れをのぞきこむ。

もとより、だれもハチベエのくつ箱にもつくえにも、チョコレートなどいれてはいないのだけれど、いちおうはたしかめずにはいられないのだ。これらの確認《かくにん》をすませたのちに、校庭《こうてい》に出て、友人《ゆうじん》たちの到着《とうちゃく》を待つのである。

これが二月にはいってからの、ハチベエの毎朝《まいあさ》の行事《ぎょうじ》だった。

考えてみれば、朝一番《あさいちばん》に到着するハチベエのくつ箱《ばこ》やつくえにチョコレートをしのばせるチャンスは、前日《ぜんじつ》の放課後《ほうかご》しかないし、その結果《けっか》、チョコレートは、一晩《ひとばん》、休日《きゅうじつ》をはさめば二日間も校内に放置《ほうち》されるわけだから、ふつうの人間なら、もっとべつの贈《おく》りかたをするはずだ。しかし、ハチベエには、そこまで頭《あたま》をめぐらせる余裕《よゆう》もない。ただただ、だれかからチョコレートをプレゼントされていないか、それだけを楽しみに登校《とうこう》し、そしてがっかりしている。

やがて子どもたちもつぎつぎやってきて、運動場《うんどうじょう》もにぎやかになった。さすがに子どもは風の子である。早春《そうしゅん》の寒風《かんぷう》のなかでも、元気にはねまわり駆《か》けまわっている。

始業《しぎょう》のベルが鳴《な》り、ハチベエは教室《きょうしつ》にもどった。

ふとつくえの下に手をやると、なんと、かわいらしいリボンのかかった箱《はこ》がはいっているではないか。

「おっ、おっ、おっ……」

ハチベエは、思わず意味不明《いみふめい》の雄叫《おたけ》びをあげてしまった。

いったい、どこのどなたがお恵《めぐ》みくだすったものか。そっと教室《きょうしつ》のなかを見まわす。通路《つうろ》をはさんだななめ後方《こうほう》の席にすわっている荒井陽子《あらいようこ》と目があった。と、いうより、ハチベエがつくえの下の箱《はこ》を確認《かくにん》しているころから、彼《かれ》のうしろすがたを、ずっと注目《ちゅうもく》していたのだ。

視線《しせん》があったとたん、陽子がにっこりわらい、ウインクしてみせた。ことばにはださないが、

「そのチョコレート、あたしからのプレゼントよ。」

と、告白《こくはく》しているようなものだ。

そのときせなかをポンとたたかれた。ふりかえると、これは、ハチベエのすぐまえの席にいる、藤井理香《ふじいりか》が、めがねごしににんまりわらいかけてきた。

「きのうはさそってくれてありがとう。賞品《しょうひん》をもらったお礼《れい》に、ほかの子より、すこしはやめにプレゼントしておくわね。」

なんのことはない、かわいらしい小箱《こばこ》の贈《おく》り主《ぬし》は、博愛主義者《はくあいしゅぎしゃ》の藤井理香《ふじいりか》だったのである。

ところが、幸運《こううん》はそれだけではなかったのだ。

放課後教室《ほうかごきょうしつ》を出ようとしたハチベエに、榎本由美子《えのもとゆみこ》が声をかけてきた。

「八谷《はちや》くん、きのうはおかげさまで、いい勉強になったわ。」

と、こんどはとなりの安藤圭子《あんどうけいこ》が、めずらしくハチベエにわらいかけてきた。

「家に帰ってから、あたしたち、もういちど手作《てづく》りチョコにチャレンジしてみたの。ほら、あんたといっしょにいた、めがねのお姉《ねえ》さんがつくったチョコトリュフ、あれ、おいしそうだったじゃない。あたしたちも挑戦《ちょうせん》してみたの。」

さいごに荒井陽子《あらいようこ》が、かばんからピンクの包装紙《ほうそうし》にくるまった箱《はこ》をとりだした。

「楽しい講習会《こうしゅうかい》にさそってくださってありがとう。これ、あたしたちの感謝《かんしゃ》の気持ちよ。審査員《しんさいん》の八谷《はちや》くんにプレゼントするわ。」

「あっ、おれ、そんなに、なにも、だって、審査員も、ああ、まあ、とにかく、だから……ありがとう。」

ハチベエは、まったく文章《ぶんしょう》になっていない言語《げんご》をつぶやきながら、まるで賞状《しょうじょう》でもおしいただくように、箱《はこ》をうけとった。

「コンテストは、あれで良かったんじゃないの。」

由美子《ゆみこ》がいうと、陽子《ようこ》もかるくうなずいた。

「そうね。みんなでえらんだのが良かったわね。みんなのチョコレートを見るのも勉強になったもの。」

圭子《けいこ》が、ふと思いだしたようにつぶやいた。

「それにしても第一小学校の女の子たち、いやな感《かん》じだったなあ。なによ、あの子たち。」

「そうよ、そうよ。そういえば、八谷《はちや》くん、あの子たちといっしょに帰ったんじゃなかったかしら。」

陽子がじろりとハチベエを見た。

「あっ、つまりだな、あいつらが、吉本《よしもと》っていうばあさんの家知ってるっていうからよ。それで、村田《むらた》っていう、例《れい》のめがねの姉《ねえ》ちゃんが案内《あんない》させたのさ。」

「あ、そうだ。あのおばあちゃん、どうなの。だいじょうぶだったの。」

「うん、心臓《しんぞう》の持病《じびょう》があったらしいなあ。それで、すぐに薬《くすり》のませたから、良くなったんだって。まったく人騒《ひとさわ》がせなばあさんだぜ。」

ハチベエがこたえたとたん、由美子《ゆみこ》が口をひらいた。

「あのおばあさん、吉本《よしもと》さんていうんじゃないの。」

「そうさ。吉本真理子《よしもとまりこ》だって。真理子っていうがらじゃないけどな。」

「やっぱり……。あのね、あのひとの家って、すごいのよ。三年前に亡《な》くなったご主人《しゅじん》が吉本商事《よしもとしょうじ》っていう会社《かいしゃ》の社長《しゃちょう》さんだったの。だから、あのおばあさんもすごいお金持ちなの。」

「だろうなあ。中町《なか》の大きな家にひとりで住んでるんだ。」

「ねえ、ねえ。そんなお金持ちのおばあさんのめんどうをみたんなら、八谷《はちや》くんも、お礼《れい》がもらえるんじゃないの。」

圭子《けいこ》が、いくぶん期待《きたい》のまなざしでハチベエの低《ひく》い鼻《はな》を見つめる。

「まさか……。めんどうみたのは、メルシーのおっさんだからな。それに、あとからケーキをとどけたのは、村田《むらた》っていう姉《ねえ》ちゃんだから……。おれは、なにもしてないもの。」

「でも、いっしょにチョコレートつくったんだから、すこしはお相手《あいて》をしたんでしょう。」

「そんなことで、いちいちお礼《れい》をもらえるわけないだろう。そんなこと期待《きたい》するのがおかしいと思うけどなあ。」

ハチベエとしては、まともな意見《いけん》をはいた。圭子《けいこ》も自分《じぶん》のさもしい根性《こんじょう》に、いくぶん自己嫌悪《じこけんお》を感《かん》じたようだ。くちびるをかんでだまりこむ。

ちょっとばかり気まずいふんいきが流《なが》れたのを、陽子《ようこ》が敏感《びんかん》に察知《さっち》したらしい。わざと明るい声でいった。

「ねえ、ねえ。八谷《はちや》くん、あたしたち、もういちど手作《てづく》りチョコをつくることにしてるんだ。バレンタインの日にあたしの家でつくることにしてるんだけど、きみもこない。」

「えっ、おれが……。」

「あらためて、あたしたち三人がそれぞれの自慢《じまん》のチョコをきみにプレゼントしたいの。」

「ほんとかよ。」

「土曜日《どようび》の午後《ごご》一時ね。約束《やくそく》よ。」

なるほど、けさほどのウインクには、かような意味《いみ》があったのか。

ハチベエは、ひそかに心のなかでうなずいたものである。

家に帰ると、ハチベエは、やおらかばんのなかから、ふたつの箱《はこ》をとりだして店番《みせばん》をしていた母親《ははおや》のまえにつきだした。

「しずまれ、しずまれい。この箱が目にはいらぬか。これをなんとこころえる。おそれおおくも、クラスの女の子からいただいたバレンタインチョコなるぞ。」

とたんに、母親も、ははーっとばかり頭《あたま》をさげた。

「今年《ことし》は、どうしたことかねえ。こんなにはやばやとクラスの女の子からチョコをもらうなんて。それもふたつももらったのかい。」

「おどろくのは、まだはやい、はやい。こんどの土曜日《どようび》には、陽子《ようこ》の家に招待《しょうたい》されてるんだからな。」

「おやまあ、今年はカボチャの当たり年だけじゃないんだね。良平《りょうへい》の当たり年かもしれないねえ。」

親というのは、なんともありがたいものである。日ごろもてないむすこが、めずらしく女性《じょせい》にちやほやされたと知って、我《わ》がことのようによろこんでくれたのだ。

ははーっ

ところが幸運《こううん》は、こればかりではなかった。

ハチベエが母屋《おもや》にあがりこんで、ものの十分もしないうちに、店《みせ》のほうから母さんの声がした。

「良平《りょうへい》、女の子のお友だちだよ。」

障子《しょうじ》をあけると、野菜《やさい》のあいだに、赤いセーターに黒いえり巻《ま》きをした長い髪《かみ》の女の子が、いくぶん心ぼそげに立っていた。ハチベエの顔《かお》を見ると、ほっとしたように八重歯《やえば》を見せてわらった。

「あたし、おぼえてる?」

「ああ、第一小の三橋《みつはし》さやかちゃん……。」

「うれしい。名前おぼえていてくれたんだ。じつは、きのうの三人を代表《だいひょう》して、やってきたんですけど。こんど、バレンタインパーティをやることにしたんだけど、どうか出席《しゅっせき》してください。」

さやかは、そういいながら、せなかのリュックから紫色《むらさきいろ》の封筒《ふうとう》をとりだした。

「これ、招待状《しょうたいじょう》ね。」

封筒《ふうとう》をハチベエに手わたすとき、さやかのうるんだ目もとが、ぽっと赤くなった……ように、ハチベエには見てとれた。

さやかはくるりとまわれ右《みぎ》すると、さよならもいわず店《みせ》をとびだしていった。

「かわいいおじょうちゃんだね。でも、あれはクラスの子じゃないねえ。どこのお子さんだい。」

母親《ははおや》が興味津々《きょうみしんしん》といった顔《かお》で、ハチベエの顔をのぞきこむ。

「あっ、うん、第一小の子ども……」

返事《へんじ》もうわのそらで封筒をあける。おなじ紫色《むらさきいろ》のびんせんに書かれていたのは――

八谷良平《はちやりょうへい》さま

二月十四日（土）午後《ごご》一時から、バレンタインパーティをします。ぜったいきてね。

ご返事待ってます。

深町《ふかまち》さくら
高畠《たかはた》のぞみ
三橋《みつはし》さやか

という、連名《れんめい》のうしろに、さやかの家の住所《じゅうしょ》と電話番号《でんわばんごう》が書かれていた。

2

「まずいよなあ。」

ハチベエ、思わず声にだしてつぶやいた。

「なにが、まずいんだい。チョコレートがまずいのかい。」

母親《ははおや》が首《くび》をのばす。

「あっ、いや、こっちの話……。」

あわてておくのへやにひきかえすと、こたつにはいってあらためて招待状《しょうたいじょう》をながめた。

かたや六年一組の美女《びじょ》三人組からの招待。かたや他校《たこう》のかわいこちゃんからの招待。はたしてどちらをうけて、どちらをことわるべきか。

きょうは十二日だから、おそくともあすの夜までには、先方《せんぽう》に返事《へんじ》をしなくてはならないだろう。

第一小の女の子とお近づきになるチャンスなんて、そんなにあるもんじゃない。しかも、あと二か月もすれば、ハチベエたち第二小の子どもも、第一小の子どももおなじ花山中学《はなやまちゅうがく》にかようことになる。

あの三人とおなじクラスになる可能性《かのうせい》もおおいにあるのだ。

そんな少女たちと、今のうちにお友だちになっておけば、ハチベエの中学校生活は、バラ色になるのではあるまいか。

が、しかし……。

ハチベエは、すでに荒井陽子《あらいようこ》の招待《しょうたい》を快諾《かいだく》しているのだ。これをことわるのは、かなり勇気《ゆうき》がいるし、もったいないことではないだろうか。あれだけよろこんでおじゃますると返事《へんじ》したものを、明日《あす》になっていかないなんていえば、彼女《かのじょ》たちは、どんなにがっかりするか。せっかくハチベエのために腕《うで》によりをかけてつくろうと意気《いき》ごんでいた彼女たちに、申《もう》しわけないではないか。

「あああ……」

ハチベエは、こたつにねころぶとなやましげなため息《いき》をついた。長い人生のなかで、こんなことでなやんだのははじめてだ。

ハチベエが、人生最大《じんせいさいだい》の悩《なや》みごとをかかえこんで、我《わ》が家《や》のこたつでうめき声《ごえ》をあげていたころ。ハカセもハチベエの家からほど遠からぬ、ＪＲ花山駅前《ジェイアールはなやまえきまえ》の本屋《ほんや》さんで、思わぬ招待《しょうたい》をうけていた。

読書家《どくしょか》のハカセは図書館《としょかん》にもかようが、気にいった本はできるだけ購入《こうにゅう》することにしていた。

これは、なかなか良い心がけである。

「家は借《か》りて住め、本は買って読め」ということわざがあるが、この本の読者《どくしゃ》もぜひハカセを見ならってほしいものだ。

それはさておき……。

アカツキ書店《しょてん》という駅前の本屋にはいると、ハカセは、中学校の参考書《さんこうしょ》がならんだたなに直行《ちょっこう》した。彼《かれ》は、勉強に関係《かんけい》のない本、たとえば物語《ものがたり》の本などには見むきもしない。

これは、あまりほめられたことではない。「読書《どくしょ》は心の翼《つばさ》」ということわざがある。

この本の読者《どくしゃ》も、ハカセなんか見ならわず、物語《ものがたり》や小説《しょうせつ》の本をたくさん買って、心の翼《つばさ》をひろげて物語《ものがたり》世界《せかい》をとびまわる楽しさをあじわってほしいものだ。

それはさておき……。

ハカセがお目当ての英語《えいご》と数学《すうがく》の参考書《さんこうしょ》を購入《こうにゅう》して店《みせ》を出たとたん、背後《はいご》で、

「あら。」

という声がした。ふりかえると、ショッピングカーをおしたこがらなおばあさんが、にこにこわらっている。

「吉本《よしもと》さんじゃないですか。もう元気になられたんですか。」

「ええ、ええ。病院《びょういん》についたときは、もう、発作《ほっさ》もおさまってたんです。ほんとにご心配《しんぱい》をかけちゃいましたね。いつもは発作のまえぶれがあるから薬《くすり》を飲《の》むんですけど、あのときは、突然《とつぜん》気がとおくなってしまって……。よほど夢中《むちゅう》になっていたのねえ。」

「退院《たいいん》されたんですね。」

「昨夜《さくや》は病院に泊《と》まりましたけど、けさ退院したの。ちょうどよかった。みなさんに、おわびかたがた、お礼《れい》をしなくちゃあと思っていたの。きのうは、あとからチョコレートを

家にとどけてくださったのよねえ。ほんとうにありがとう。」

吉本真理子《よしもとまりこ》さんは、そこでいくぶん小首《こくび》をかしげた。

「あさっての土曜日《どようび》、みなさんに、我《わ》が家《や》でお昼《ひる》のお食事《しょくじ》でもごいっしょできないかと思っているんですけど、どうかしら。」

「お昼ご飯《はん》ですか。」

「そうよ。きのうのお仲間《なかま》をお呼《よ》びしようと思っているの。村田《むらた》さんの電話番号《でんわばんごう》はうかがってたけど、あなたたちの連絡先《れんらくさき》がわからなくてね。メルシーのご主人《しゅじん》に事情《じじょう》を話したら、商店街《しょうてんがい》のやお屋《や》のむすこさんがいらっしゃるっていうから、まず、そこにいってみようと思っていたの。でも、ここで山中《やまなか》くんに会えてよかったわ。わたしの家は、ごぞんじですね。それじゃあ十四日の十二時に、我が家にきてください。待ってますよ。」

おばあさんは、いうことだけいうと、そのままハカセの返事《へんじ》もきかないで、国道《こくどう》のほうに歩きだした。

そんなこととは、つゆ知らず、よく朝《あさ》、ハチベエはめずらしくいつもよりおそく登校《とうこう》した。ゆうべはなかなかねむれなかったのだ。校門《こうもん》をくぐろうとしたとたん、うしろから声がした。ふりかえれば、ハカセとモーちゃんが、そろって駆《か》けてくるところだった。このふたりといっしょになるということは、かなりおそい時間ということになる。

「めずらしいね。きみが、こんな時間に登校《とうこう》するなんて。」

ハカセも、ふしぎそうにハチベエの顔《かお》をのぞきこんだ。

「ああ、ちょっと考えごとをしてたら、ねむれなくなってしまったんだ。」

「ふうん、きみでも、そんなことがあるんだねえ。」

ハカセは、今いちどハチベエの顔を見つめてから、ふと、思いだしたようにいった。

「そうそう。きのうの夕《ゆう》がた、吉本《よしもと》さんに出あってね。」

「吉本さん……?」

「ほら、手作《てづく》りチョコの講習会《こうしゅうかい》でたおれたおばあさん……。すっかり元気になってた。駅《えき》前《まえ》の本屋《ほんや》さんのまえで出あったんだ。」

「ふうん、そりゃあまあ、良かったな。」

こんどはモーちゃんが、ハカセのことばをひきとって説明《せつめい》をはじめた。

「良かっただけじゃないよ。もっとすてきなことがあるんだ。おばあさんがね。このあいだ迷惑《めいわく》かけたから、バレンタインデーに、ぼくらを招待《しょうたい》して、うんとごちそうしてくれるんだって。」

「なぬっ。」

ハチベエは、大きな目玉をでんぐりがえらせた。

「おばあさんの家、お金持ちなんだろ。きっとすごいごちそうが出るんじゃないかなあ。」

モーちゃんが、期待《きたい》におなかをふくらませながら空を見あげる。

「あの、ちょっときいてみるんだけど。ごちそうって、土曜日の昼飯《ひるめし》じゃないよなあ。」

「そうだよ。十四日の正午《しょうご》に吉本《よしもと》さんの家においでくださいってさ。」

ハカセが、かるくうなずきながらこたえた。

「おい、おい、まじかよ。まいったなあ。」

なんと、これで三つ目の招待なのだ。まさに今年《ことし》はカボチャだけでなく、ハチベエの当たり年にちがいない。

しかし……。他校《たこう》の美女《びじょ》たちの誘《さそ》いをうけるべきか。はたまたクラスメイトの家にいくべきか。それともここは、大金持ちのおばあさんと昼食《ちゅうしょく》をともにするべきか。ハチベエは、おおいにまよいつづけていた。

うかない顔《かお》で教室《きょうしつ》にはいると、さっそく安藤圭子《あんどうけいこ》がハチベエのそばにすりよってきた。

「あしたの午後《ごご》一時、ヨッコの家だからね。わすれないでね。」

「あ、ああ。」

「あら、どうしたの。なんか、つごうでも悪《わる》くなったの。」

「いや、べつにつごう悪くなんかないぞ。」

「そうでしょうね。ヨッコも由美子《ゆみこ》も、すてきなチョコをつくるっていってたわよ。あたしもチョコトリュフに自信《じしん》ができたから、もっとくふうしてみるつもりよ。八谷《はちや》くんには、愛情《あいじょう》いっぱい、できたてのチョコをプレゼントするからね。」

いつもはハチベエのことを蛇蝎《だかつ》のごとく忌《い》みきらう圭子が、なんと、にっこりわらいながらウインクしたではないか。ちなみに蛇蝎とは、へびとさそりで、人間がいちばんきらいな生きもののたとえとしてつかう。このようなたとえは、動物差別《どうぶつさべつ》につながるから、良い子の読者《どくしゃ》は、まねをしないようにしよう。

それはさておき……。

クラスの女性《じょせい》たちの攻勢《こうせい》は、さらにつづいた。昼休みになると、荒井陽子《あらいようこ》と榎本由美子《えのもとゆみこ》がハチベエのそばにやってきた。

「どうしたの。なんだか元気ないわねえ。」

「べつに……」

「なにか悩《なや》みごとでもあるんじゃないの。」

由美子が、ハチベエの鼻《はな》さき十センチまで近づいて、肩《かた》に手をかけた。

「元気だしなさいよ。あしたは最高《さいこう》に楽しいことがあるんだから。ねっ……」

すると、陽子も大きな目で、じっとハチベエを見つめる。

「いいこと。午後《ごご》一時。わすれちゃいやよ。」

ここにいたって、ハチベエ、無意識《むいしき》のうちにこっくり頭《あたま》をうなずかせていたのである。

3

頭上《ずじょう》をときどき灰色《はいいろ》の雲がとおりすぎる。そのたびに日の光がさえぎられて、あたりがすっと暗《くら》くなり、吹《ふ》きぬける風もいちだんと冷《つめ》たく感《かん》じる。

「ううっ、さぶっ。」

モーちゃんが太い首《くび》をすくめた。

「ああ、まいった。」

ハチベエは、寒風《かんぷう》にさからうごとく、深いため息《いき》をはきだしてから、モーちゃんの顔《かお》をよこから見あげた。

「おまえなら、どうする。」

ハチベエから相談《そうだん》をうけたモーちゃんは、すこしのあいだ考えこんでいたが、やがてのこと、にっこりわらった。

「ぼくは、チョコレートよりお昼《ひる》ご飯《はん》のほうがいいなあ。チョコレートなら、あとからもらえるかもしれないけど、ごちそうは、そのときいかないと食べられないでしょう。」

モーちゃんの判断《はんだん》の基準《きじゅん》は、つねに食べものの質《しつ》と量《りょう》だ。この場合《ばあい》、女の子たちの招待《しょうたい》よりも吉本真理子《よしもとまりこ》さんの招待のほうが、より食料《しょくりょう》の内容《ないよう》が充実《じゅうじつ》しているにちがいないと判《はん》

断《だん》したのだ。

「ちぇっ、おまえにきいたのがまちがいだったな。ハカセ、おまえなら、もっとちがうこと考えるだろ。」

ハチベエが、三人のなかで、もっとも思慮分別《しりょふんべつ》のある人間におうかがいをたてた。ハカセは、鼻《はな》の上にしわをよせながら、雲のおおい空をにらむ。

「きみがバレンタインデーに、女性《じょせい》から招待《しょうたい》されるなんて幸運《こううん》は、一生《いっしょう》になんどもあることじゃないからねえ。まようのは無理《むり》ないと思うなあ。ただね、ぼくには、今ひとつ、わからないんだけど……。」

ハカセが、やおらハチベエの顔《かお》をまじまじと見つめた。

「なぜ、きゅうにきみが女性にちやほやされはじめたの。」

とたんにハチベエは、てれくさそうに頭《あたま》をかいた。

「おまえなあ、そんなにまじめな顔できくなよ。だいたい、そんなこと本人《ほんにん》にきかれたって、わかるわけないぜ。先方《せんぽう》にきいてくれよ。」

「しかしねえ。きみだって、冷静《れいせい》に考えたらわかると思うんだ。これまで、バレンタイン

デーに、クラスの女性《じょせい》から招待《しょうたい》をうけたことがあるの。」

「いいや。ないぜ。」

「そうだろ。それなのに、今年《ことし》は招待をうけた。しかも、よその学校の女性までが招待してくれた。」

「だから、それは、例《れい》の手作《てづく》りチョコの講習会《こうしゅうかい》の世話《せわ》をしたからさ。」

「たしかに、あれがきっかけだと思うんだけどね。でも、すでに講習会は終わったし、コンテストも終了《しゅうりょう》しているんだ。つまり、きみはすでに用済《ようず》みの存在《そんざい》なんじゃないの。」

「使《つか》い捨《す》てのカイロじゃあるまいし。用済みっていうのは、ひどいなあ。」

ハチベエ、友人のことばの悪《わる》さに、へきえきしながらも、心のどこかで今回のダブル招待に、ちょっとばかり疑問《ぎもん》も感《かん》じたものだ。

なるほど去年《きょねん》までのハチベエは、クラスの女の子からチョコレート一枚《まい》しかもらえない存在だったのだ。それが、今年はチョコレートどころか、パーティに招待された。しかも、知りあったばかりの他校《たこう》の少女たちからも……。

ハカセに指摘《してき》されて、ハチベエもいくぶん、舞《ま》いあがっていた魂《たましい》が地上近くに舞いもどってきた。

荒井陽子《あらいようこ》の場合《ばあい》は、これまでのつきあいがあるから、たまにはこんな幸運《こううん》が舞《ま》いこむチャンスもあるかもしれない。しかし、花山《はなやま》第一小の三人についてはどうだろう。たったいちど講習会《こうしゅうかい》で出あっただけのハチベエを、わざわざパーティに招待《しょうたい》するだろうか。

ここまで考えて、うぬぼれが洋服《ようふく》を着《き》ているようなハチベエも、いくぶん彼女《かのじょ》たちの招待に疑問《ぎもん》を感《かん》じはじめたのである。

「だけどよ。そんなら吉本《よしもと》のばあさんだって、講習会でちょっと出あっただけだぜ。それなのに、昼飯《ひるめし》ごちそうしてくれるっていうのも、できすぎでないか。」

ハチベエは、さいごの抵抗《ていこう》をこころみた。

「吉本さんには、それなりの理由《りゆう》があると思うよ。なにしろ病気《びょうき》になって、病院《びょういん》にはこんでもらったんだから、なにかお礼《れい》をしたいっていう気になるんじゃないの。」

「だったら、第一小の女の子も、おれにお礼がしたいんじゃないの。」

「きみは、いったい彼女たちに、なにをしてあげたの。」

「え、いや、そうだなあ。そういえば、なにもしてないなあ。」

「そうだろ。べつにお礼《れい》とか感謝《かんしゃ》される筋合《すじあ》いじゃないい。それなのに、わざわざ招待《しょうたい》するというのは、なにかべつの目的《もくてき》があると考えたほうがいいんじゃないのかなあ。」

ハカセが、めがねに手をやった。

「わかった。第一小のほうはことわる。おれは陽子《ようこ》の家にいくよ。」

ハチベエのことばに、モーちゃんが、おやっというふうに顔《かお》をあげた。

「それ、まずいんじゃないのかなあ。」

「なんでだよ。」

「だって、第一小は、わざわざ招待状《しょうたいじょう》までつくって持ってきたんだろ。それなのにことわっちゃうの。病気《びょうき》なんかならしかたないけど、クラスメイトの女子の家に遊《あそ》びにいってるってことがバレたら、あの子たち、すごく気を悪《わる》くすると思うよ。」

「そりゃあ、おれも考えたけどよ。ハカセの話じゃあ、あいつらのパーティは、なんか裏《うら》がありそうだからな。」

「そんなの、ハカセちゃんの考えすぎだよ。あの子たちは、ハチベエちゃんと仲良《なかよ》くなりたいんだと思うよ。こないだいっしょに吉本《よしもと》さんの家にいったじゃないの。あのときハチベエちゃんのこと、気にいったんじゃないのかなあ。それなのに、陽子《ようこ》さんの家にいくためにことわるのは、あの子たちに悪《わる》いんじゃないのかなあ。」

「風邪《かぜ》ひいていけないって、ことわっちまうからだいじょうぶさ。」

「もし、バレたら、どうするの。どこかで、あの子たち、ハチベエちゃんが荒井《あらい》さんの家に遊《あそ》びにいったってこと、きくかもしれないよ。」

モーちゃんが、しつように反論《はんろん》したとき、ハカセが、ポンと手をたたいた。

「わかったよ。ハチベエくんが、とつじょふた組の女性《じょせい》に招待《しょうたい》されたのか。」

ハカセは、ゆっくりとハチベエの顔《かお》をふりかえった。

「あのね、これはぼくの推理《すいり》なんだけど、花山《はなやま》第一小学校の女の子たちは、どこかでうちのクラスの女の子たちともつながってるんじゃないのかな。それで、たまたま会館《かいかん》でかちあったあと、きみが第一小の女の子といっしょに帰るのを見て、うちのクラスの女の子たちが、ライバル意識《いしき》をもやしたんだと思う。それで、きみが、どちらの招待をうけるか賭《か》けをしているんじゃないの。」

ハカセは、ことばを切ると反応《はんのう》をうかがうように、もういちどハチベエの顔に注目《ちゅうもく》した。

さいしょに反応《はんのう》したのは、モーちゃんだ。

「そういえば、荒井《あらい》さんたちのかよってる学習塾《がくしゅうじゅく》には、第一小の子どもたちもたくさんかよってるってきいたよ。それに安藤《あんどう》さんのいとこ、第一小だっていうし。あの三人とは、あんがい、前から知り合いだったかもねえ。」

ハチベエとしては、とうてい信《しん》じたくない話だ。

「ちょい待ち、そうしたら、あの子たちがおれに招待状《しょうたいじょう》くれたのも、陽子《ようこ》が家にさそったのも、あれはただの賭《か》けだっていうのかよ。」

「そうね、きみがどちらの誘惑《ゆうわく》に負《ま》けて、のこのこ出かけるかということで、勝負《しょうぶ》するんだよ。だって、このあいだのコンテストでは、きみがチョコレートの審査《しんさ》をやることになってたんだろ。ところが吉本《よしもと》さんの出来事《できごと》で、審査ができなかった。彼女《かのじょ》たちは、どうしてもきみに判定《はんてい》してもらいたいんじゃないのかなあ。」

ハカセの解説《かいせつ》をきくと、なるほどとうなずけるところもおおいし、ハカセの説《せつ》によれば、ハチベエもそれほど腹《はら》をたてることでもないような気がする。ふたつの学校の美女《びじょ》たちが、ハチベエをはさんでライバル意識《いしき》をもやすなんて、なんともくすぐったい気持ちになってしまう。

「ああ、それで、どうすればいいんだろう。」

ハチベエが、ふたたびハカセにおうかがいをたてた。

「そうだね。ぼくなら、どちらの招待《しょうたい》もていちょうにおことわりするね。そして、ぼくらといっしょに吉本《よしもと》さんの家にいくなあ。」

ハカセのことばに、モーちゃんも我《わ》が意《い》を得《え》たりとばかり、口からつばをとばしはじめた。

「それがいいよ。ハチベエちゃん、どっちの女の子の家にいっても、あとがこわいよ。それよりぼくらといっしょに、ごちそう食べにいこうよ。」

4

その夜、ハチベエはそれぞれの家に電話《でんわ》をした。まずはすでに約束《やくそく》していた荒井陽子《あらいようこ》の家に電話する。

「ええっ、どうして。なにか、つごうが悪《わる》くなったのね。」

「まあな。」

「さしつかえなかったら、そのわけをきかせてくれないかしら。」

陽子《ようこ》の声は、心なしか、いつもよりトーンが低《ひく》い。彼女《かのじょ》がこんな声になるときは、かなりきげんが悪くなっているときだ。

ハチベエは一瞬《いっしゅん》かんがえたあと、正直《しょうじき》に話すことにした。

「う、うん。おまえもおぼえてるだろう。こないだの講習会《こうしゅうかい》の席で病気《びょうき》になったおばあさん。あのおばあさんが、どうしてもきてくれっていうんだよ。」

「吉本《よしもと》っていうお金持ちのおばあさんね。ふうん、きみもお金持ちにはよわいんだ。」

「そういうわけじゃないけどさ。あんな大きな家にひとりで住んでるっていうからよ。たぶん、さみしいんじゃないかと思うんだ。だから、おれたちがいって、にぎやかにしてやれば、すこしはよろこぶんじゃないの。」

陽子が、ほっとため息《いき》をついた。

「わかったわ。せいぜい、おばあちゃんのところでおいしいごちそうを食べてきてね。」

「ああ、ごめんな。」

電話《でんわ》を切ったあと、ハチベエは、ふと考えた。陽子《ようこ》のやつ、なんで、ごちそう食べることと知ってたんだろう。

が、深《ふか》く考えることなく、こんどは第一小の三橋《みつはし》さやかの家に電話した。さいしょに出たのは、どうやら弟《おとうと》のようだが、やがてさやかにかわった。

「八谷《はちや》くん、このあいだは突然《とつぜん》うかがってごめんなさい。」

「そのことなんだけどさあ。あしたのパーティ、どうしてもいけなくなっちまったんだ。」

「そんなあ……。深町《ふかまち》さんも、高畠《たかはた》さんも、すごおく楽しみにしてるのよ。」

さやかが鼻声《はなごえ》になる。

「悪《わる》い、わるい。どうしても、よそにいかなくちゃあいけなくなったんだ。」

「そうなの。八谷《はちや》くんは、クラスの女性《じょせい》に人気《にんき》があるみたいだものねえ。そちらでもパーティの誘《さそ》いがあるんでしょうね。」

「そんなんじゃないぜ。ほら、おまえも知ってる、中町《なか》の吉本《よしもと》のおばあさん。あのおばあさんが、どうしても会いたいっていうから、ちょっと見舞《みま》いがてらいってみるんだ。」

「なんだ、吉本《よしもと》さんちにいくんなら、そのあとうちによってちょうだいよ。」

「いやあ、それは、ちょっとなあ。吉本さんちが、何時《なんじ》に終わるかわかんないし……。ま、とにかく今回《こんかい》は、いけないいから……」

電話《でんわ》を終えたとたん、わきのしたから、たらりと汗《あせ》が流《なが》れおちるのがわかった。

ともあれ、これで、どちらの女性《じょせい》たちもハチベエの獲得《かくとく》には失敗《しっぱい》したことになる。だから、賭《か》けも引き分けということになるにちがいない。

それにしても……。

ハチベエは、目のまえの電話を見おろしながら、かるいため息《いき》をついた。今年《ことし》のバレンタインデーには、チョコレートをいっぱい獲得するはずであった。いやいやチョコレートどころか、女性たちと、すてきなひとときをすごせるはずだったのだが……。

ハカセの推理《すいり》が正しければ、そのすてきなひとときも、なんのことはない、女性たちの一種《いっしゅ》のゲームだったとは。ハチベエは、ゲームの駒《こま》にすぎなかったのだ。まあ、ゲームの駒に抜擢《ばってき》されただけでも、良しとすべきなのかもしれない。

ハチベエは、茶《ちゃ》の間《ま》のこたつにもぐりこむと、ごろりとよこになった。そして、ついぞ口にしたこともないようなことばをつぶやいたものだ。

「むなしいなあ。」

つぶやいたとたん、なにもかもが無意味《むいみ》なことのように思えてきた。女の子にちょっかいをだして、それがなにになるというのだ。バレンタインデーにチョコレートをもらったからといって、それが、なにになるというのだ。そんなことに、あくせくしている自分《じぶん》の、なんと小さいことよ。

ハチベエ、十二歳《さい》にして、はじめて人生《じんせい》のむなしさを知り、おのれの小ささを悟《さと》ったのである。

ハチベエが悟りをひらいていたころ、花山《はなやま》

団地《だんち》の市営《しえい》アパートのへやのトイレでは、ひとりの少年が深《ふか》くなやんでいたのである。

きょう、学校の帰り道で、ハチベエからの相談《そうだん》をうけた時点《じてん》で、ハカセは自分《じぶん》の推理《すいり》にじゅうぶんなる自信《じしん》があったし、ハチベエには、女の子のパーティなどに出席《しゅっせき》するより、自分《じぶん》たちといっしょに吉本《よしもと》さんの昼食会《ちゅうしょくかい》につきあってもらいたいという気持ちも強かった。だから、ことさら少女たちのライバル意識《いしき》などと、もっともらしい理由《りゆう》を考えたのだが、ハチベエとわかれたあと、いくぶん自分の仮説《かせつ》に不安《ふあん》を感《かん》じはじめた。

ハカセという少年は、なかなか博学《はくがく》ではあるが、こと人間の心理《しんり》や感情《かんじょう》の動《うご》きなどにたいしては、わりと鈍感《どんかん》というか、無頓着《むとんちゃく》なところがある。

今回の自分のたてた仮説が、はたして正しいかどうかということを、我《わ》がクラスの女性《じょせい》本人《ほんにん》に電話で問いあわせたのである。

「あら、いやだ。八谷《はちゃ》くん、もうしゃべっちゃったのね。」

陽子《ようこ》は、苦笑《くしょう》しながらも彼《かれ》を招待《しょうたい》している事実《じじつ》はすなおに認《みと》めた。

「それって、ちょっとへんだよねえ。どうしてハチベエくんを招待するの。」

「ようするにこのあいだのつづきのつもりなの。講習会《こうしゅうかい》で、すっかりもりあがったから、せっかくだから、彼《かれ》にあたしたちの手作《てづく》りチョコを審査《しんさ》してもらおうと思っているの。ごめんなさいね。山中《やまなか》くんや奥田《おくだ》くんもさそえばよかったわねえ。」

「ああ、いや、ぼくらはつごうが悪《わる》いんだ。じつはハチベエくんもつごうが悪くてね。」

「ふうん、どうしたの。」

陽子《ようこ》が、ごくしぜんにたずねてきた。

「荒井《あらい》さん、彼《かれ》のつごうが悪いこと知らないの。」

「知らないわよ。だって、きょうの放課後《ほうかご》、かならずくるって約束《やくそく》したんだもの。」

「彼が、第一小の女の子たちに招待《しょうたい》されていること、知らないの。」

「第一小……？　それ、なんの話。」

「だからさ、こないだの女の子たちがね、ハチベエくんをバレンタインパーティに招待してるんだけど。」

「ちっとも知らなかったわ。ええ、それじゃあ、八谷《はちや》くん、あたしたちの誘《さそ》いをことわるってことは、あっちにいくっていうの。」

陽子の声が険悪《けんあく》になってきたので、ハカセはすっかりあわててしまった。

「ちがうよ、ちがうよ。ハチベエくんは、第一小の招待《しょうたい》もことわると思うよ。彼《かれ》は、ぼくらといっしょに吉本《よしもと》さんの家にいくんだ。それより荒井《あらい》さんは、第一小の女の子たちのこと、ほんとうになにも知らないんだね。つまり、ハチベエくんを招待したのは、彼女《かのじょ》たちへのライバル意識《いしき》でもなんでもない、純粋《じゅんすい》な好意《こうい》だったんだ。」

「ちょっと、山中《やまなか》くん、へんなこといわないでよ。あたしたちが、どうして八谷《はちや》くんのことで、第一小の女子とはりあわなくちゃいけないの。そりゃあ、こないだは、なんとなくおもしろくなかったわ。八谷くんたら、あんな連中《れんちゅう》にでれでれしちゃってさ。でも、そんなのすぐにわすれちゃったわよ。」

陽子《ようこ》の声は、いつのまにかもとにもどっていた。

「ほんとうはだまってるつもりだったけど、山中くんが、そんなふうに考えているんなら、真相《しんそう》をいうわね。

あしたのことはね、ユッコとケイコとあたしの三人で決《き》めたことなの。あの子とも、一か月たらずでおわかれでしょう。この二年間、あたしたちに、いろいろとちょっかいだしてきたのに、あたしたち、すこしばかり冷《つめ》たくしすぎたんじゃないかって、ケイコがいう

の。だから、さいごのバレンタインデーだけは、うんとサービスしようってことになったの。あの子のこと、あたしたち、そんなにきらいでもないの。だからひとつくらい、いい思い出つくっておわかれしたいのね。」

陽子《ようこ》のことばを、ハカセはふくざつな気持ちできいていた。

すくなくとも、陽子たちのさそいには、うらもなければおもてもないのだ。しかし、そのことをあらためてハチベエにつたえてしまうのは、どうだろうか。ハチベエという少年、へたに興奮《こうふん》させると、なにをしでかすかわからない。荒井陽子《あらいようこ》たちの真意《しんい》はつたえないまま、彼《かれ》にはおばあさんの料理《りょうり》を食べてもらうことにしよう。

ハチベエが陽子に電話した時点《じてん》で、陽子がハチベエの予定《よてい》を先刻承知《せんこくしょうち》していたのは、このようなことからだったのだが、ハカセから、なにも知らされていないハチベエは、そのあたりの事情《じじょう》は、とんとわからない。

ただただ、ピンク色のバレンタインデーが、シルバーデーに変化《へんか》した運命《うんめい》のいたずらに、心をむなしくさせていたのである。

5

二月十四日、はるか古代《こだい》ローマ帝国時代《ていこくじだい》に処刑《しょけい》された聖《セント》バレンチヌスをお祭《まつ》りするバレンタインデーである。

日本の稲穂県《いなほけん》ミドリ市《し》では、それに関係《かんけい》した行事《ぎょうじ》がおこなわれることもなく、せいぜいデパートやお菓子屋《かしや》の「バレンタインチョコレートセール　特別《とくべつ》コーナー」の店員《てんいん》さんがはりきっているくらいだろうか。

花山商店街《はなやましょうてんがい》にある八谷商店《はちやしょうてん》、通称《つうしょう》八百八《やおはち》もバレンタインデーだからといって、べつに大《だい》根《こん》やホウレン草《そう》の大安売《おおやすう》りをおこなうでもなく、ふだんとかわりばえのしない顔《かお》の主人《しゅじん》夫婦《ふうふ》が、お客《きゃく》の応対《おうたい》をしているばかりだ。

十時をすぎたころ、店《みせ》さきにときならぬ女の子の団体《だんたい》がおしよせた。総勢《そうぜい》およそ六名で、手に手にかわいらしいリボンのついた箱《はこ》をかかえている。

「おはようございます。八谷《はちや》くん、いますかー。」

先頭《せんとう》のおおがらな女の子が、ハチベエの母親《ははおや》にたずねる。

「ええと、あんた、たしか、後藤《ごとう》さんだよね。良平《りょうへい》がいつもお世話《せわ》になってますねえ。良平なら、おくにいるけど、呼《よ》んでこようか。」

「おねがいします。このあいだ、手作《てづく》りチョコの講習会《こうしゅうかい》でお世話《せわ》になったんです。だから、みんなでお礼《れい》にチョコレート持ってきたんです。」

後藤淳子《ごとうじゅんこ》のことばに、母親は、

「それはまた、わざわざありがとう。」

いそいそとおくのガラス障子《しょうじ》をあけて、母屋《おもや》のむすこに声をかけた。おくからとびだしてきたハチベエも、店さきにいならぶクラスの女の子たちにちょっとばかりてれくさそうな顔《かお》をしながら、女の子たちからのプレゼントをうけとりはじめた。

やがて女性軍《じょせいぐん》が撤退《てったい》すると、それまで遠慮《えんりょ》してホウレン草《そう》の箱《はこ》のかげに身《み》をひそめていた父親《ちちおや》が、我《わ》が子のそばに近より、力強く肩《かた》をひっぱたいた。

「おまえ、どうしたんだよ。今年《ことし》は、いやにもてるじゃないか。よほど、女の子に親切《しんせつ》にしてやったんだなあ。」

「こないだのメルシーの講習会《こうしゅうかい》にさそってやったからさ。まあ、義理《ぎり》チョコの一種《いっしゅ》だね。」

ハチベエ、あくまで謙虚《けんきょ》だ。

「そうでもなさそうだぜ。おまえを見る目つきがちがってたもの。なあ、母ちゃん。」

「そうだねえ。あんたのクラスのおじょうちゃんたち、ふだんなら、おまえのこと、動物《どうぶつ》園《えん》のチンパンジーでも見てるみたいな目つきしてるのに、きょうは、みんな人間を見てる目つきだったよ。おまえもいちにんまえの男に見られはじめたんだよ。よかったじゃないか。」

「そうかねえ。おれも、ようやく人間あつかいされるようになったんだねえ。ありがたいねえ。」

ハチベエ、あくまで冷静《れいせい》にこたえながら、レジのつくえの上におかれた箱《はこ》の包《つつ》み紙《がみ》をひらきはじめた。

「あっ、おまえ、なにするんだよ。こんなところであけちゃだめ、だめ。まずはお仏壇《ぶつだん》にそなえてご先祖《せんぞ》さまに感謝《かんしゃ》してから、食べな。それに、いちどにみんな食べちゃだめだよ。父さんにも福《ふく》をわけてあげなきゃあ。」

ハチベエは、しかたなくチョコレートの箱《はこ》を三回にわけて、茶《ちゃ》の間《ま》のたんすの上にある仏壇《ぶつだん》のまえにはこび、お線香《せんこう》をあげてリンを鳴《な》らし、ご先祖《せんぞ》さまに我《わ》が身《み》の幸運《こううん》を感謝《かんしゃ》したものである。

この行為《こうい》を、キリスト教《きょう》の聖人《せいじん》、バレンチヌスが目撃《もくげき》したら、いったいなんといったであろうか。

午前《ごぜん》十一時半、ハカセとモーちゃんが、自転車《じてんしゃ》をつらねてやってきた。

「あっ、これ、妹《いもうと》からの義理《ぎり》チョコね。」

ハカセが荷台《にだい》のかごにのせてあった、ひらべったい箱《はこ》をハチベエにわたすと、モーちゃんも、

「これは、うちの姉《ねえ》ちゃんからだよ。」

こっちは、いくぶん豪華《ごうか》な箱をとりだした。

「悪《わる》いなあ。おまえらの身内《みうち》にまで気をつかわせて。見なよ。今年《ことし》はおかげさんで、あんなもんだぜ。」

仏壇のまえのチョコレートの箱を披露《ひろう》すると、ふたりの友人《ゆうじん》たちも、感心《かんしん》したようにハ

チベエの顔《かお》をふりかえった。

「ふうん、ハチベエちゃん、努力《どりょく》のかいがあったねえ。ことばづかいに気をつけたり、いたずらしなかったから、みんながハチベエちゃんのこと、いい子だなって、思いはじめたんだ。」

「いい子じゃなくて、いい男といってもらいたいもんだ。おっと、そろそろいくか。」

ハチベエはさきに立っておもてに出ると、自転車《じてんしゃ》をひっぱりだしてまたがった。

中《なか》町の吉本《よしもと》さんの家までは、せいぜい十分ほどだ。つい三日前にたどった道を走って、邸宅《ていたく》のまえに到着《とうちゃく》した。

このあいだは、ぴたりととじられていた鉄格子《てつごうし》の門扉《もんぴ》は、きょうは左右いっぱいにあいていた。ハカセが門柱《もんちゅう》のインターホンを鳴《な》らすと、すぐに女性《じょせい》の応答《おうとう》があって、どうぞ、そのまま玄関《げんかん》までおいでくださいとのことだ。

自転車に乗ったまま、家のそばまでいくと、玄関のドアがひらいて、おばあさんのにこにこ顔《がお》があらわれる。

「まあ、まあ、よくきてくださいました。寒《さむ》かったでしょう。」

おばあさんは、自転車《じてんしゃ》からおりた三人を、まさに手をとらんばかりに、ひらいたドアのなかに案内《あんない》した。

玄関《げんかん》のなかは、ひろびろしたたたきになっていて、そのおくはてんじょうの高い板《いた》の間《ま》で、板の間のおくに二階《かい》にのぼる階段《かいだん》がある。

式台《しきだい》のすみには、すでにいくつかのくつがならんでいた。おとなのくつもあったけれど、子どものスニーカーや革《かわ》ぐつも何足《なんぞく》かあった。

ふいにみぎてのドアがあいて、トレーナーすがたの男の子が顔《かお》をだした。三年か四年生くらいだろう。男の子は、無言《むごん》のままハチベエたちを興味深《きょうみぶか》げにながめまわしている。

「卓郎《たくろう》ちゃん、お客《きゃく》さまにご挨拶《あいさつ》は。」

おばあさんにいわれて、男の子が、ぺこりとお辞儀《じぎ》をした。

「あたしの孫《まご》でね。大倉卓郎《おおくらたくろう》といいます。むすめの子どもなの。」

おばあさんは、そんな紹介《しょうかい》をしながら、男の子のとびだしたへやに三人を案内した。

そこは二十畳《じょう》はあるだろう。ひろびろとした大広間《おおひろま》で、まんなかにおかれた細長いテーブルの左右に、レザーばりのソファがならんでいる。まどを背《せ》にしたソファに、めがねをかけた若《わか》い女性《じょせい》がすわっていた。女性は、ハチベエたちを見ると、なんとなくほっとしたように声をかけてきた。

「きみたち、ひょっとして、こないんじゃないかって心配《しんぱい》してたの。良かった。」

いっしょにチョコレートをつくった村田《むらた》さんだ。

反対側《はんたいがわ》のソファには、さきほどの男の子が足をなげだしてすわっていたが、おばあさんにいわれて、はしっこに移動《いどう》し、かわってハチベエたち三人がすわった。

おばあさんは、まずはテーブルのそばに立って、あらためてお客《きゃく》たちを見まわしてから、孫《まご》の男の子にいった。

「みなさんおそろいだから、お姉《ねえ》ちゃんたちに、用意《ようい》はいいかってきいておいで。」

おばあさんのことばに、男の子は、ぴょんと立ちあがると、へやをとびだしていった。

が、すぐに帰ってきて、おばあさんの耳になにごとかささやく。おばあさんは、なんどかうなずいてから、ふたたび客たちに告《つ》げた。

「きょうの昼食《ちゅうしょく》は、わたくしと孫むすめたちでつくったんですよ。食堂《しょくどう》の準備《じゅんび》もととのったようですから、まいりましょう。」

おばあさんは、さきに立ってへやを出ると、もうひとつおくのドアをあけた。と、そこもかなり広い板張《いたば》りのへやで、まんなかに細長《ほそなが》いテーブルがあり、まわりにいくつものいすがならんでいる。テーブルの上には、何組《なんくみ》かの食器《しょっき》がならんでいて、そのまえには、サンドイッチやポテトフライ、それにハムやソーセージの盛《も》り合《あ》わせなどがならんでいた。へやのおくに炊事場《すいじば》と思われるへやがカウンターごしに見とおせた。

どうやら料理《りょうり》はあそこでつくられて、こっちの食堂《しょくどう》にはこばれるらしいが、炊事場のなかには人影《ひとかげ》は見あたらない。かわりにテーブルのそばに三人の少女がならんでいて、ハチベエたちに、あいそよくいすをすすめてくれた。そして、ハチベエたちがいすにすわるのを待って、自分《じぶん》たちも反対側《はんたいがわ》の席についた。

さっきまでうろちょろしていた大倉卓郎《おおくらたくろう》という男の子も、少女たちのとなりにおとなしくすわった。おばあさんも子どもたちのほぼ中央《ちゅうおう》のいすにすわった。このいすは、どうもおばあさんの専用《せんよう》らしく、このいすだけ布製《ぬのせい》の背当《せあ》てがついていた。

いったんいすにすわったおばあさんは、すぐに立ちあがり、まずは自分《じぶん》の左右にすわっている子どもたちを見まわす。

わたくしの孫《まご》たちです
大《おお》倉《くら》志《し》穂《ほ》ですよろしくね
卓《たく》郎《ろう》です
吉《よし》本《もと》マリヤです
ユリヤです

「先日《せんじつ》は、わたくしのために、講習会《こうしゅうかい》をだいなしにしてしまって、ごめんなさい。そのおわびもかねて、きょうはささやかなお昼《ひる》を用意《ようい》しました。孫《まご》たちも手伝《てつだ》ってくれたんですよ。ええと、まず孫を紹介《しょうかい》しますね。こちらが大倉志穂《おおくらしほ》と、卓郎《たくろう》。わたしのむすめの子どもたちです。それから、こっちにならんでいるのが、吉本《よしもと》マリヤとユリヤ、ふたごの姉妹《しまい》です。この子たちはわたしのむすこの子どもたちなの。」

おばあさんの紹介に、少女たちがちょっと立ちあがって、かるく頭《あたま》をさげたが、そのさりげないしぐさが、なんとも様《さま》になっている。いずれの少女たちも、かなりの美人《びじん》だ。

「おい、あの子たち、おれたちと同い年くらいだよなあ。」

ハチベエがモーちゃんにささやくと、モーちゃんは、あわてたようにうなずいてみせた。

「ああ、そうだね。ぼくらとおなじくらいだね。」

モーちゃんのほうは、女の子よりもテーブルの上の料理《りょうり》のほうに見とれていたのであるが。

4　吉本真理子《よしもとまりこ》さんの秘密《ひみつ》

1

昼食《ちゅうしょく》はジュースの乾杯《かんぱい》からはじまった。

テーブルにならんでいるものはそれほど手のこんだ料理《りょうり》ではないし、期待《きたい》したほど豪華《ごうか》な料理でもなかった。

サンドイッチにしても、ふつうのハムサンドやツナサンド、それに卵《たまご》サンドなどだ。あとはポテトフライにフライドチキン、それにハムとソーセージの盛《も》り合《あ》わせに、野菜《やさい》サラダという、ごくごくありきたりの昼食《ちゅうしょく》メニューだった。

吉本《よしもと》さんの話によれば、これらの料理は、すべて吉本さんと孫《まご》むすめの手作《てづく》りだそうだ。

「うん、おいしい。」

チキンにかぶりついたモーちゃんが、思わず感嘆《かんたん》の声をあげると、まえにすわっていたふたごのひとりが、うれしそうに目をくりくりさせた。吉本《よしもと》マリヤというお姉《ねえ》さんのほうだ。

「あっ、それ、あたしが揚《あ》げたの。」

「お店《みせ》で売ってるのって、味《あじ》が濃《こ》すぎるんだよね。これって、あっさりしてるから、いくらでも食べられそう。それに香《かお》りもいいなあ。」

「いろんなスパイスをつかってみたの。空揚《からあ》げって、油の温度《おんど》がむずかしくて……。ちゃんと揚がってるかなあ。」

「表面《ひょうめん》がカラッと揚がってるし、なかまでよく火がとおって理想的《りそうてき》なんじゃないの。」

モーちゃんという少年、たくまずしてひとをおだてることができるのだ。

「あたしも、食べてみよっと。」

ふたりがにわとりでもりあがっているとなりでは、ハチベエが吉本《よしもと》のおばあちゃんにつかまっていた。

「あなたの家は、商店街《しょうてんがい》のやお屋《や》さんなんですってねえ。そういえば、お店《みせ》の手伝《てつだ》いをしてるの見たことがあるわ。お若《わか》いのに感心《かんしん》ねえ。うちの孫《まご》たちも見ならわなくちゃあ。」

「だけど、きょうのごちそうは、みんなが手伝ってくれたんでしょ。こんなに料理《りょうり》のうまい子ども、ぼくのクラスにもいませんよ。」

ハチベエは、おばあさん以外《いがい》に視線《しせん》をめぐらす。しかし、あいにくほかのお客《きゃく》と歓談《かんだん》ちゅうで、ハチベエに関心《かんしん》をしめしている女の子はいない。ゆいいつ、男の子だけが、ハチベエに注目《ちゅうもく》していた。

「きょうは特別《とくべつ》なの。このあいだ、わたしがたおれたもんだから、むすこやむすめが、孫たちをよこしたんじゃないの。でも、そのほうが良かったわねえ。おばあちゃんがお相手《あいて》するより……。八谷《はちや》くんも小学六年生でしょ。この子たちも六年生なのよ。」

「へえ、どこの学校なんですか。」

「志穂《しほ》、おまえどこの学校だっけ。」

おばあさんが、みぎての女の子に声をかけたが、大倉志穂《おおくらしほ》さんは、もっか、めがねの村田《むらた》さんと会話《かいわ》ちゅうで、かわって弟《おとうと》の卓郎《たくろう》が元気よくこたえた。

「牛島《うしじま》小学校だよ。ええとね、ぼくは四年一組。姉《ねえ》ちゃんは六年二組……」

その声に、ようやく本人《ほんにん》もハチベエのほうに顔《かお》をむけたので、ハチベエすかさず自己紹介《じこしょうかい》をした。

「ぼくは花山《はなやま》第二小学校の六年なんだ。」

「お兄ちゃん、ハチベエっていうんだろ。」

弟《おとうと》が、ますますなれなれしくなってきた。

「友だちは、そう呼《よ》んでるな。」

「じゃあ、ぼくもハチベエって呼んでもいいよねえ。ハチベエちゃん、あとでサッカーやろうよ。」

「まあ、まあ、卓郎《たくろう》ちゃんは、すっかりお兄ちゃんが気にいったのねえ。おばあちゃんもね、こんなにしっかりしたぼっちゃんとお近づきになれて良かったわ。八谷《はちや》くん、これからもうちの孫《まご》たちをよろしくおねがいします。」

吉本《よしもと》さんは、いかにもうれしそうに目を細めている。

ハカセも、めずらしく女性《じょせい》との会話《かいわ》を楽しんでいた。ふたごの姉妹《しまい》、吉本ユリヤが自分《じぶん》

のつくったというサンドイッチをハカセにすすめてくれたのだ。ただ、ハカセは、モーちゃんほど食べものに執着《しゅうじゃく》しないから、感想《かんそう》をきかれても、しごくあっさりと、

「おいしいですね。」

と、こたえただけだ。ハカセは、それよりふたりの姉妹《しまい》の関係《かんけい》のほうに興味《きょうみ》があった。

「ちょっと質問《しつもん》してもいいですか。きみたちふたごだってきいたんですけど、顔《かお》はあまりにてないですねえ。二卵性双生児《にらんせいそうせいじ》なのかなあ。」

「そんなことないわ。四年生のころまでは、みんなから、そっくりだっていわれたり、よくまちがわれてたの。でもマリヤ姉《ねえ》さんもあたしも、そっくりだっていわれるのがだんだんいやになってね、髪形《かみがた》をかえたり、洋服もちがう感《かん》じにしたの。それに姉さんはスポーツが好《す》きなんだけど、あたしは読書《どくしょ》とか音楽《おんがく》きいてるのが好きになったの。性格《せいかく》もかなりちがうと思うなあ。」

「ぼくも読書が趣味《しゅみ》なんですが、吉本《よしもと》さんは、どんな本を読むんですか。」

「そうねえ、いま読んでるのは『指輪物語《ゆびわものがたり》』……。山中《やまなか》くんは……？」

「ぼくは物語や小説《しょうせつ》は読みません。最近《さいきん》読んでおもしろかったのは『宇宙人《うちゅうじん》は存在《そんざい》する

か』っていう本ですね。」

「あら、おもしろそう。あたしもSF《エスエフ》が好《す》きよ。」

「この本はSFじゃないんです。天文学者《てんもんがくしゃ》の書いたまじめな本なんです。」

「SFだって、まじめな本はいっぱいあるわよ。科学的《かがくてき》なデータにもとづいた小説《しょうせつ》もあるんだから。」

「しかし、物語《ものがたり》は、しょせん作《つく》り話《ばなし》でしょう。作家《さっか》が想像《そうぞう》して書いているんだから。」

「そりゃあそうだけど……。あっ、こんどは、そっちの卵《たまご》サンドもめしあがれ。おいしいわよ。」

と、まあ、こちらは趣味《しゅみ》でもりあがっている。

やがてテーブルの上の料理《りょうり》ものこりすくなくなってきたところで、少女たちがあったかい紅茶《こうちゃ》と、チョコレート菓子《がし》をはこんできた。

「じつはねえ。みなさんにこれを食べていただきたかったのよ。このあいだの講習会《こうしゅうかい》で勉強できなかったから、我《わ》が家《や》で一生《いっしょう》けんめいにつくったの。」

大きなお皿《さら》にもられているのは、生《なま》チョコやチョコレートクッキーなど、さまざまなくふうをこらしたチョコレート菓子《がし》だ。

「まあ、これ、みんな、おばあちゃんがつくられたんですか。」

村田《むらた》さんが目をまるくした。

「そうですよ。ゆうべのうちにつくっておいたの。この子たちにもおしえてやったのよ。」

おばあさんが自慢《じまん》するだけあって、どれもチョコレートたっぷりのお菓子《かし》ばかりだ。二時間ほどかけて、食後《しょくご》の紅茶《こうちゃ》まで楽しみ、みんなみちたりた気持ちになった。さすがのモーちゃんも、まるくなったおなかをさすっている。

「ねえ、ねえ。ハチベエちゃん、サッカーしよう。」

みんなが紅茶を飲《の》み終えるのを待っていたように、卓郎《たくろう》がハチベエの腕《うで》をひっぱった。

「そうだな。ちょっと腹《はら》ごなしに、おもてに出てみるか。」

ハチベエが立ちあがると、姉《ねえ》さんの大倉志穂《おおくらしほ》が、みんなに提案《ていあん》した。

「だったら、ほかのひとはトランプしてあそびましょう。」

あわやハチベエひとり、女性《じょせい》たちと隔離《かくり》されると思いきや、

「あたしは卓郎たちと庭《にわ》であそぶわ。」

ふたごの姉《ねえ》さんの吉本《よしもと》マリヤが立ちあがった。なるほど彼女《かのじょ》はスポーツが趣味《しゅみ》というだけあって、室内《しつない》のトランプより、ボール蹴《け》りのほうが好《この》みなのだろう。あるいはお客《きゃく》のハチベエを、ちびっ子ひとりにまかせるわけにいかないと、気をきかせたのかもしれない。

はからずも、野外《やがい》スポーツ派《は》と室内《しつない》ゲーム派にわかれてあそぶことになった。

野外派は、ハチベエと吉本マリヤ、それに大倉卓郎《おおくらたくろう》という少数派《しょうすうは》だ。

マリヤに案内《あんない》されて裏庭《うらにわ》にまわると、すこしおくれて卓郎が、サッカーボールを蹴りながらあらわれた。

サッカーといっても、庭《にわ》にちらばって、たがいにボールを蹴りっこするだけだが、それでも十分もすればからだがぽかぽかしてきた。マリヤは、さいしょコートをはおっていたが、さすがに暑くなったらしい。コートをぬいで、空色《そらいろ》のセーターにベージュのみじかいスカートというすがたで、果敢《かかん》にボールを追《お》いかけている。

大倉志穂《おおくらしほ》もぽっちゃり型《がた》のかわいらしい顔《かお》をしていたが、吉本マリヤだって、どうしてどうして、ショートカットの髪《かみ》に、くりくりっとした目がにあって、なんとなく子ジカを思わせるかわいこちゃんだ。

「ねえ、ハチベエちゃん。こんどはいつ、あそべるの。」

卓郎《たくろう》が、ハチベエにむかってパスした。

「えっ、ああ、そうだな。まだ、決《き》めてないけど……。」

「じゃあ、あすの日曜日《にちようび》は……？」

「ちょっと待ってくれよ。おれ、まだ、おばあちゃんと、そんなに仲良《なかよ》くなったわけじゃないんだ。こないだ手作《てづく》りチョコの講習会《こうしゅうかい》で、たまたまいっしょになっただけだから……。」

ふいにマリヤが声をあげた。

「あら、あら、それじゃあ、こないだの講習会がはじめてだったのね。おばあちゃんは、ずっと前から知り合いだったようなこといってたわよ。」

「話したのは、こないだがはじめてだなあ。」

「ほかの子もそうなの。それに村田《むらた》さんも？」

「だと思うよ。」

ハチベエのことばに、マリヤがきゅうにボールを追《お》いかけるのをやめた。そして、ハチベエのそばに歩いてくると、ちらりと建物《たてもの》のほうをふりかえり、いくぶん声を低《ひく》くした。

「あのね、これ、おばあちゃんにはないしょよ。おばあちゃん、こないだの手作《てづく》りチョコの講習会《こうしゅうかい》のときに、なにかおかしなこと約束《やくそく》しなかった。」

「おかしな約束……？」

「ええ、たとえば、きみとあたしを婚約《こんやく》させるとか……」

吉本真理子《よしもとまりこ》さんの孫《まご》むすめが、子ジカのような顔《かお》を、ぽっと赤らめた。

2

ハチベエもあんぐり口をあけて、マリヤを見つめる。けっして悪《わる》い話ではないのだが、あまりにもきゅうなことで、さすがのハチベエもたまげてしまった。

ひたいにかかった、いくぶんカールした前髪《まえがみ》を指でかきわけるようにしてから、マリヤは、もういちど屋敷《やしき》のほうに視線《しせん》をむけた。

「おばあちゃん、ふだんは、ぜんぜんおかしくないの。でも、ときどきおかしなことをしたり、とんでもない約束をしたりすることがあるの。」

「ええと、つまり、おまえを婚約《こんやく》させたりするのか。」

マリヤが、こっくりうなずく。

「あたしのだんなさんというよりも、吉本家《よしもとけ》の跡継《あとつ》ぎね。うちは女の子ふたりでしょ。だから、あたしかユリヤが吉本家をつぐことになるんだって。」

「だけど、それはまだまださきのことだろう。」

「あたりまえよ。それに、吉本家をつぐとかなんとか、そんなの、あたしたちのかってじゃないの。そう、思わない。それなのにおばあちゃんたら、今年《ことし》のお正月に、みんなのまえで、吉本家の跡取《あとと》りは、今年じゅうにあたしが決《き》めるって宣言《せんげん》したの。パパもママもさいしょは冗談《じょうだん》だろうと思っていたんだけど、どうやら、本気《ほんき》なのね。おばあちゃん、心《しん》臓《ぞう》の病気《びょうき》があって、いつうごけなくなるかもしれないから、しっかりしてるあいだに決めるって……。」

「そうか。このあいだたおれたから、おばあさん、あせってるかもなあ。」

「平日《へいじつ》は家政婦《かせいふ》さんがかよってくるんだけど、家政婦さんも、近ごろ、おばあちゃんがときどきおかしなことをするって、こぼしてたわ。花屋《はなや》さんに家じゅうかざりきれないくらいの切り花《ばな》を注文《ちゅうもん》したり、デパートからベビー用品《ようひん》がいっぱい届《とど》いたこともあるんだって。家政婦《かせいふ》さんが、どうしてベビー用品なんか注文したのかってたずねたら、志穂《しほ》にあかちゃんが生まれるからその準備《じゅんび》だって。」

「ふうん……。志穂さんて、まだ小学生だものなあ。ちょっと気がはやすぎるな。」

それがほんとうなら、おばあさんの発言《はつげん》や行動《こうどう》は、かなりおかしい。

「歳《とし》だから、ボケちゃってるんじゃないの。」

「そうねえ。それもあるのかもしれないし。吉本家《よしもとけ》のことが心配《しんぱい》で心配でしようがないんじゃないかしら。うちの会社《かいしゃ》って、おじいちゃんがつくったんだけど、パパには才能《さいのう》がないみたいね。おじいちゃんが亡《な》くなってから、会社の業績《ぎょうせき》がおちてるんだって。おばあちゃんは、それも気になるみたいよ。」

いつもにこにこしているし、手作《てづく》りチョコの講習会《こうしゅうかい》なんかにやってくるのだから、のんきに暮《く》らしているおばあさんかと思っていたが、それなりに悩《なや》みがあるものだ。

「おまえんち、よそに住んでるんだろ。ここにひっこしてきたら。おばあさんといっしょに住んでたら、おばあさんもおかしくならないんじゃないの。」

「パパもママも、いっしょに住もうっていってるのよ。うちの家族《かぞく》がいやなら、大倉《おおくら》の家《か》族《ぞく》でもいいっていうんだけど、おばあちゃんがいやなんですって。おばあちゃんはひとり暮《ぐ》らしが気にいっているんだって。」

「ふうん、こんなでかい家にひとりで住んでるから、おかしくなるんだと思うけどなあ。」

そのとき、卓郎《たくろう》が遠慮《えんりょ》がちに声をかけてきた。

「ねえ、ハチベエちゃん、もう、サッカーしないの。」

「おっ、悪《わる》い悪い。ようし、いくぞ。」

ハチベエは、そそくさと目のまえのボールにダッシュした。

戸外《こがい》スポーツ組《ぐみ》が、かような会話《かいわ》をしているとき、室内遊戯組《しつないゆうぎぐみ》は、トランプの七《しち》ならべに興《きょう》じていた。

さいしょとおされた応接間《おうせつま》のテーブルをかこんでゲームがはじまった。メンバーは村田《むらた》さんにハカセ、モーちゃん、それに大倉志穂《おおくらしほ》に吉本《よしもと》ユリヤの五人だ。おばあさんはあとかたづけがあるといって食堂《しょくどう》にのこった。

ゲームはたちまち伯仲《はくちゅう》してきた。

「だれっ、ここ、とめてるの。」

「あっ、ラッキー、あたしの番ね。」

黄色《きいろ》い声があがりはじめる。

やがてハカセがスリーパスさせられ、あえなくリタイヤ。つぎに志穂《しほ》が手持《ても》ちの札《ふだ》をぶちまけてアウト。のこりの三人のうち、モーちゃんとユリヤがパスを連発《れんぱつ》し、あいついでダウン。けっきょく村田《むらた》さんの勝《か》ちとなった。

「村田さんて、けっこう意地悪《いじわる》だなあ。」

モーちゃんが、うらめしそうに村田さんをにらむ。

「あら、なにいってるのよ。ゲームは非情《ひじょう》なものよ。」

「もういっぺん、やろう、やろう。村田さん、カード切って。」

カードを切りはじめた村田さんが、ふとみんなを見まわした。

「そういえば、メルシーのご主人《しゅじん》は招待《しょうたい》されなかったのね。あのひとがいちばん親切《しんせつ》にお世話《せわ》したのに。」

「そうらしいですね。おばあちゃんも、すごく感謝《かんしゃ》してましたよ。」

志穂《しほ》がいうと、ユリヤが小首《こくび》をかしげた。

「メルシーってお菓子屋《かしや》さんでしょ。ご主人《しゅじん》の名前、浜田富雄《はまだとみお》っていうんじゃないの。」

「たしか、そんな名前だったなあ。」

「そのひと、きのう、うちのパパが会って話をしたんじゃないかしら。あたしが学校から帰ったら、パパが家にいてね。ママとこそこそ話してたの。そのとき、ちらっと、メルシーとか浜田富雄さんていう名前が出てきたの。」

「どんなこと話してたの。」

志穂が興味《きょうみ》を持ったらしくて、身《み》をのりだす。

「ううん、内容《ないよう》まではねえ。でも、パパ、かなり怒《おこ》ってた。そのあとよ、あたしと姉《ねえ》さんに、今夜《こんや》はおばあちゃんの家に泊《と》まって、あしたのお客《きゃく》さまご招待《しょうたい》の手伝《てつだ》いをしなさいって、いいだしたんだもの。」

「そうか、うちもそうなのよねえ。きのうの夕《ゆう》がたになって、きゅうにママがおばあちゃんが心配《しんぱい》だから、今夜から泊まりにいけっていいだしたんだ。」

そこで、ふと志穂《しほ》が村田《むらた》さんのほうをふりかえった。

「うちのおばあちゃん、その浜田《はまだ》さんになにか失礼《しつれい》なことしたんじゃないですか。だから、ユリヤのパパが怒《おこ》ってたんじゃないかなあ。」

こんどは、村田さんのほうが考えこむ番《ばん》だった。

「そんなことはないと思うけど。おばあちゃんがたおれたとき、メルシーのご主人《しゅじん》が、きちんと対応《たいおう》されたから、おばあちゃんもたいへんなことにならなかったんでしょう。そのことは、おばあちゃんも感謝《かんしゃ》してたはずよ。だから、失礼なことなんてしないと思うなあ。」

「ええ、でも……。うちのおばあちゃん、たまに、すごくへんなこといいだしたり、したりするんです。ふだんは、ごくふつうなんだけど、ときどきボケちゃって、おかしなことをいったりするから……。ねえ。」

ユリヤと志穂が、たがいに顔《かお》を見あわせてうなずきあった。

「そんなふうには、見えなかったけどなあ。」

ハカセがいったとき、応接間《おうせつま》のドアがひらいて、当《とう》の吉本真理子《よしもとまりこ》さんが、にこにこ顔《がお》であらわれた。

「さあさあ、もう、トランプやめて。みなさんにバレンタインデーの贈《おく》りものを用意《ようい》しましたよ。」

みると、おばあさんは手さげのかごをかかえている。かごのなかには、きれいにラッピングされた箱《はこ》がいくつもはいっていた。

ハチベエたちも呼《よ》びもどされて、みんなでおばあさんからのプレゼントをもらうことにした。

「まず、これは村田《むらた》さんに、わたくしから心をこめて贈ります。」

おばあさんが、ブルーのリボンのかかった四角《しかく》な小箱《こばこ》を村田さんに手わたす。

「ありがとうございます。うわあ、うれしいわ。」

村田さんが、金色《きんいろ》の包装紙《ほうそうし》につつまれた小箱を両手《りょうて》でささげもつようにした。が、すぐに、

「あの、これ、チョコレートじゃないんですね。」

ふしぎそうな顔《かお》をした。

「だって女性《じょせい》から女性にプレゼントするんだもの。チョコレートじゃ意味《いみ》ないでしょ。そ

れはね、あなたへの感謝《かんしゃ》の気持ちなの。」

おばあさんは笑顔《えがお》のままでこたえた。

「あけてみて、いいですか。」

村田《むらた》さんのことばに、おばあさんは笑顔でこたえる。

「どうぞ、どうぞ。ちょっとデザインが古いかもしれないけど、気にいってもらえるといいわねえ。」

村田さんは慎重《しんちょう》な手つきでリボンをほどき、金色《きんいろ》の包装紙《ほうそうし》をひらいていった。なかから出てきたのは、いくぶん変色《へんしょく》した青いビロード張《ば》りの小箱《こばこ》だった。村田さんが、ゆっくりとふたをあける。と、箱《はこ》のなかに小豆粒《あずきつぶ》くらいの、キラキラひかるガラス玉のようなもののついた銀色《ぎんいろ》の指輪《ゆびわ》がはいっていた。

村田さんの目が糸のようにほそくなり、ふるえる指《ゆび》が、指輪をつまみあげた。

「あ、あの、これ、もしかしてほんとうのダイヤ……？」

村田さんの声は、指以上《いじょう》にふるえていた。

「そうよ。わたしがおじいちゃんに買ってもらったものなんだけど、あなたのような若《わか》いひとにはめてもらったほうが、指輪《ゆびわ》もよろこぶでしょう。」

「こんな高価《こうか》なもの、いただけません。」

「いいのよ。いいのよ。洋平《ようへい》と結婚《けっこん》してくださるんだもの。もう、吉本《よしもと》の身内《みうち》も同然《どうぜん》じゃないの。」

おばあさんは、いぜんとしてわらっているが、村田《むらた》さんの顔《かお》はひきつっていた。

そのとき、マリヤ、ユリヤ姉妹《しまい》が、まるで声をそろえたようにさけんだ。

「いやだあ。洋平って、うちのパパのことじゃないの。」

3

なんともおかしなぐあいだ。もし、それがほんもののダイヤモンドなら、たぶん百万円……いや、もっともっと高価《こうか》な品物《しなもの》かもしれない。そんなしろものを、たやすくプレゼントしてしまうとは……。

孫《まご》むすめたちに、いちおううわさはきいていたけれど、それが目のまえでくりひろげられると、やはりびっくりしてしまう。

マリヤとユリヤが、両側《りょうがわ》から祖母《そぼ》の手をにぎってゆすりはじめた。

「おばあちゃん、しっかりしてよ。。洋平《ようへい》って、パパのことでしょう。」

「そうよ。あんたたちのパパのことよ。こんど、こちらのおじょうさんと婚約《こんやく》するの。どう、かわいらしいおじょうさんでしょう。それにしっかりしてらっしゃるわ。あんたたちのパパも、これで、やっと身をかためることができるわよ。」

真理子《まりこ》さんはしごくあたりまえの顔《かお》で、両側の孫《まご》を見くらべている。

「あのねえ、おばあちゃん、あなたのひとりむすこの洋平は、もう五十歳《さい》なのよ。二十年前に結婚《けっこん》して、子どももふたりいるの。だから村田《むらた》さんと婚約なんかするわけないの。」

マリヤが、まるで幼稚園《ようちえん》の子どもにおしえるような口調《くちょう》で、ゆっくりといった。真理子さんはかるく頭《あたま》をふりながら、孫のことばを考えているようすだったが、そのうち、ふと、我《われ》にかえったように、目のまえの村田さんをながめる。そして、なんともきまり悪《わる》げに、小声でたずねた。

「わたし、なにか、たいへんな勘違《かんちが》いしてませんでしたか。あなたに失礼《しつれい》なことをいったんじゃあ。」

「あっ、いえ。べつに……。わかっていただければ、けっこうです。あの、これ、そういうわけですから……」

村田《むらた》さんが、ゆっくりと指輪《ゆびわ》のはいった小箱《こばこ》を、おばあさんのかかえたかごのなかにもどした。

「ああ、これ……。まあ、どうしましょう。あなたに、こんなものさしあげようとしてたのねえ。まあ、ほんとに、ごめんなさいね。でも、あなたによくしてもらったことは、感《かん》謝《しゃ》してるのよ。それから、せっかくの講習会《こうしゅうかい》をだいなしにしてしまったことも、すごく悪《わる》いと思っているの。それは、みなさんわかってちょうだいね。」

おばあさんのしわだらけの目が、きゅうにうるみだした。そして、くるりとまわれ右《みぎ》をすると、かごをかかえたままへやをとびだしていく。

すぐに孫《まご》たちが追《お》いかけていった。あとにのこされたハチベエたちと村田さんは、すこしのあいだ、無言《むごん》で立ちつくしていた。

村田さんが、ほっとため息《いき》をついた。それから、ハチベエたちにむかって、ちょっとわ

らいかけた。

「あたし、ものすごく損《そん》しちゃったのかもねえ。あのダイヤ、大きかったもの。」

「でも、子持《こも》ちのおじさんと婚約《こんやく》させられるより、ましじゃないかなあ。」

ハチベエのことばに、村田《むらた》さんは、ドアのほうを見る。

「あのおばあちゃんも、プレゼントの相手《あいて》がいないのね。だから、あたしやきみたちを招待《しょうたい》して、プレゼントしたがるのよ。」

「あのね、あのおばあさん、ボケがすすんでるんだって。だから、ときどきとんでもないことしたり、いったりするらしいですよ。」

「でも、それもさびしいからじゃないの。心ぼそいのよ。」

村田さんがため息《いき》まじりにこたえたとき、ドアがあいて、志穂《しほ》と卓郎《たくろう》がはいってきた。

「ごめんなさい。おばあちゃんが、とりみだしちゃって……。おばあちゃん、すこしつかれたのでよこになりたいんだって。みなさんには、ほんとうにごめんさないって、あやまっていたわ。」

「いいえ、こちらこそ、ごちそうになって……。楽しかったわ。これからも、ときどきおばあちゃんのところに、遊《あそ》びにくることにします。」

村田《むらた》さんが、みんなを代表《だいひょう》してこたえた。

「そうしてください。あたしからもおねがいします。」

志穂《しほ》が、ぴょこんとおじぎをすると、卓郎《たくろう》も、すかさずハチベエの手をとった。

「ハチベエちゃんもね。ぼく、休みのたびにおばあちゃんの家に泊《と》まりにくるからさ。だから、ハチベエちゃんも遊びにおいでよ。」

玄関《げんかん》さきに出たみんなを、吉本《よしもと》さんの孫《まご》たちが見おくってくれた。

「あっ、ちょっと待って。これ、あたしたちからのプレゼントよ。」

マリヤがリボンのかかった赤い箱《はこ》を、四人にわたした。

「これ、ダイヤの指輪《ゆびわ》じゃないよねえ。」

モーちゃんが、赤い箱をおそるおそる手にとる。

「これは、あたしたちが、ゆうべつくったチョコレートクッキー。おばあちゃんにおしえてもらったの。」

マリヤがわらいながらこたえた。

「おかしなおばあちゃんだったなあ。ぼく、びっくりしちゃったよ。」

モーちゃんが、しみじみとした口調《くちょう》でいいながら、うしろの吉本邸《よしもとてい》をふりかえる。

「いわゆるまだらボケというやつだろうね。ふだんは、なんでもないけど、ときどき、ふっとわけがわからなくなったり、自分《じぶん》が昔《むかし》にもどったりするんだろうなあ。」

ハカセも首《くび》をめぐらせて、門のなかを見わたした。

「おれたちのプレゼントは、なんだったのかなあ。まさか、ダイヤの指輪《ゆびわ》じゃないと思うけど。」

ハチベエが、ちょっとざんねんそうにつぶやく。村田《むらた》さんのプレゼントをもどしたため、かごにはいっていた残《のこ》りのプレゼントは、未開封《みかいふう》のままになってしまったのだ。もしかしたら、ハチベエたちのプレゼントも、超豪華《ちょうごうか》な品物《しなもの》がはいっていたのかもしれないが……。

「ああ、なんだかせつないなあ。吉本《よしもと》のおばあちゃん見てたら、なんかつらくなっちゃう。」

村田さんが空を見あげた。

ハチベエたちは自転車《じてんしゃ》だったが、村田さんは徒歩《とほ》でやってきていた。徒歩の村田さんにあわせて三人も自転車をおしながら歩いている。

「じつはね。あたし、まだチョコレートをプレゼントしてないの。今年《ことし》こそはってはりきってたのに。」

「村田《むらた》さん、会社《かいしゃ》につとめてるんじゃないんですか。だったら義理《ぎり》チョコくばらなくちゃあいけないんでしょ。うちの父でさえ、会社からもらってきますよ。」

ハカセが村田さんを見あげた。

「義理チョコなら、ちゃんとくばったわ。でも、本命《ほんめい》チョコは、手作《てづく》りのをあげたいじゃないの。」

「だけど、講習会《こうしゅうかい》にきたくらいだから、お目当《めあ》てがあったんじゃないの。」

ハチベエがよこから顔《かお》をつきだすと、村田さんが、てれくさそうにわらった。

「まあね、いないことはないんだけれど……。とうとうわたしそびれちゃったのよねえ。でもさあ、さっき、おばあちゃん見てたら、なんだか自分《じぶん》のことみたいで……。どうしようかなあ。今から彼《かれ》に電話《でんわ》してみようかなあ。」

「あっ、それがいいよ。夕食《ゆうしょく》かなにかおごってもらって、そのお礼《れい》に手作りチョコレートプレゼントすれば。」

ハチベエが提案《ていあん》すれば、モーちゃんも、

「あのね、チョコレートだけでなくて、手袋《てぶくろ》とかネクタイとかも、いっしょにあげるんだって、うちの姉《ねえ》ちゃんがいってましたよ。」

と、アドバイスする。

「わかった。きみたちに元気もらったから、思いきってアタックしてみるわ。あっ、それから、吉本《よしもと》さんのことだけど……。もし、きみたちさえ、いやじゃなかったら、これからも、ときどき顔《かお》みせてあげたら。あたしもね、そうするから。」

そのときハカセが、えへんと咳《せき》ばらいした。

「あのう、ぼく、まえから気になっていたんですけど、村田《むらた》さんは、どうして吉本さんのことが、そんなに気になるんですか。村田さん、さいしょのときから、あのおばあちゃんのこと、気にかけてましたよねえ。」

村田さんは、ゆっくりとハカセを見た。

「あのね、あたし、今はミドリ市《し》でひとり暮《ぐ》らししてるけど、小さいころは田舎《いなか》のおばあちゃんと暮《く》らしていたのよ。両親《りょうしん》が共働《ともばたら》きだったから、ずっとおばあちゃんにめんどうみてもらって育《そだ》ったの。今年《ことし》のお正月に会ったんだけど、もうずいぶんよわっていたわ。あたしのおばあちゃんの顔《かお》とかしぐさが、吉本《よしもと》のおばあちゃんそっくりなの。だから、なんとなく他人《たにん》のような気がしなくて……。

ああ、でも、きみたちまでまきこんじゃったみたいね。ごめんなさいね。」

「そんなことありません。ぼくらも、けっこう楽しかったですよ。」

ハカセは、ちょっとわらった。

「そうだよなあ。けっこうおもしろかったよなあ。おかげで、またかわいこちゃんと仲良《なかよ》くなれたもの。」

ハチベエがいうと、モーちゃんも、フライドチキンがおいしかったとつけくわえた。

4

ハチベエが家にもどったのは、それから十分後のことである。

「吉本さんとこのごちそうは豪勢《ごうせい》だったろう。この季節《きせつ》だから、フグの刺《さ》し身《み》なんかが出たんじゃないのか。」

父親《ちちおや》が、うらやましそうにたずねてきた。

「まさか……。おばあちゃんと孫《まご》の手作《てづく》り料理《りょうり》だぜ。サンドイッチにポテトフライ、それにフライドチキン……」

「なんだ、それじゃあ、そのへんのファーストフードとかわりないじゃないか。」

「でも、けっこうおもしろかったよ。いいバレンタインデーだったなあ。」

ふと、父親がおくのほうを見た。

「バレンタインといやあ。さっき、また女の子が三人ほど、チョコレート持ってきたから、仏壇《ぶつだん》のところにおいといたぞ。」

「女の子が……？　クラスの子……？」

「いいや、第一小の子どもだ。おまえがどこにいってるのかってきくから、吉本《よしもと》さんのところに招待《しょうたい》されてるってバラしちまったけど、かまわないよなあ。」

「ああ、かまわないさ。おれも、ちゃんと話しておいたんだもの。」

ハチベエは、店《みせ》のおくにむかって歩きだした。おそらくは、深町《ふかまち》さくら、三橋《みつはし》さやか、

高畠《たかはた》のぞみの、美少女三人組《びしょうじょさんにんぐみ》にちがいない。彼女《かのじょ》たちからもチョコレートをゲットできたということは……。

今年《ことし》のバレンタインデーは、どういうことだろう。たくさんのチョコレートをプレゼントされただけでなく、他校《たこう》の女性《じょせい》たちともおつきあいをはじめることができたのだ。これを幸運《こううん》といわないで、なんといおうか。

ハチベエは、仏壇《ぶつだん》のまえに積《つ》みあげられたチョコレートの箱《はこ》に目をやりながら、顔《かお》の筋《きん》肉《にく》がゆるむのを、どうすることもできなかった。

その夜、ハチベエは戦利品《せんりひん》の数《かず》をかぞえ、両親《りょうしん》にもおすそ分《わ》けしたあと、みずからも甘《あま》くてほろ苦《にが》いチョコレートの味《あじ》をたっぷりと味わったものである。そして残《のこ》りは冷凍庫《れいとうこ》にしまいこみ、この感激《かんげき》を長期保存《ちょうきほぞん》しておくつもりだ。かくしてバレンタインデーも終わり、ふたたび早春《そうしゅん》の日常《にちじょう》がはじまった。

月曜日《げつようび》、クラスの女の子たちは、もうバレンタインのバの字も口にすることもなく、荒《あら》井陽子《いようこ》が、ハチベエにむかってなやましげなまなざしをむけることもなかった。バレンタインデーなんて、終わってしまえばたんなる年中行事《ねんちゅうぎょうじ》のひとつにすぎないのだ。

バレンタインデーからちょうど一週間《しゅうかん》がたった土曜日《どようび》の午前《ごぜん》ちゅう、メルシーの主人《しゅじん》が、ハチベエの家に顔《かお》をだした。

「こないだの花山会館《はなやまかいかん》の写真《しゃしん》ができたんだ。てきとうに焼《や》き増《ま》ししてるから、友だちやクラスの子にあげてくれないか。」

浜田《はまだ》さんはそういいながら紙袋《かみぶくろ》から、写真ファイルをとりだした。手作《てづく》りチョコの講習《こうしゅう》会《かい》のスナップ写真だ。そういえば店員《てんいん》さんのひとりが、ぱちぱちやっていたのを思いだした。ハチベエたちのほかに、荒井陽子《あらいようこ》をはじめとするクラスの女の子の写真もあったし、花山第一小の三人組もうつっている。むろん、村田《むらた》さんや吉本《よしもと》のおばあちゃんの写真もあった。

「よかったなあ。おばあちゃんがたおれるまえに写真に撮《と》ってもらって。」

ハチベエがつぶやくと、ケーキ屋《や》の主人が苦笑《くしょう》した。

「良平《りょうへい》ちゃん、その言《い》いかたは、なんかへんだよ。まるで亡《な》くなったみたいにきこえるよ。」

と、そこで、ふとハチベエの顔《かお》をのぞきこんだ。

「そういえば、きみたち、あれから吉本《よしもと》さんに会ったのか。」

「ええ、バレンタインの日に、昼飯《ひるめし》ごちそうになりました。」

「そういえば、おばあさん、そんなことといってたなあ。迷惑《めいわく》をかけたからごちそうするんだって。で、その、なんかおかしなこと、なかったかい。」

浜田《はまだ》さんが、さぐるようにハチベエの顔《かお》をのぞきこむ。

そういえば、吉本さんの孫《まご》が、浜田さんのうわさをしていた。

「おじさんこそ、おばあちゃんのむすこさんに会ったんでしょ。おばあちゃん、なにかおかしなこと、したんじゃないの。」

ハチベエの質問《しつもん》に、浜田さんが目をぱちくりさせる。

「おどろいたなあ。吉本商事《よしもとしょうじ》の社長《しゃちょう》さんが店《みせ》にきたの、どうして知ってるの。」

「おばあちゃんの孫が話してくれたんだよ。それでね、もしかしたらおばあちゃんが浜田さんに失礼《しつれい》なことをしたんじゃないかって。」

「いやあ、そうじゃないけど……。なんていうか、びっくりしちゃったんだよ。」

「もしかして、すごいプレゼントもらったんじゃないんですか。」

ハチベエのことばに、浜田《はまだ》さんが頭《あたま》に手をやった。

「いやあ、二度びっくりとはこのことだね。そうか、そのこともお孫《まご》さんが話してくれたの。」

「そうじゃないけど、おなじようなことが、こないだもあったんです。おばあちゃんが、村田《むらた》っていう女のひとに、ダイヤの指輪《ゆびわ》をプレゼントしようとしたんだ。」

「ふうん、そうかあ。むすこさんのいうとおりなんだなあ。いやね、うちはダイヤの指輪じゃないんだ。こんなに厚《あつ》い株券《かぶけん》の束《たば》……。先週《せんしゅう》の金曜日《きんようび》の午後《ごご》に、吉本《よしもと》さんが、ひょいとお店《みせ》にやってきてね。このあいだのお礼《れい》をいわれたんだ。まあ、こっちも救急車《きゅうきゅうしゃ》よんだり病院《びょういん》につきそったり家族《かぞく》に連絡《れんらく》したりしたから、お礼をいいにこられたんだろうと思っていたんだけど、そのうち話がややこしくなってきてねえ。あなたのようなひとに、ぜひうちの会社《かいしゃ》の経営《けいえい》をまかせたいっていいだしたんだよ。おばあちゃん、会社の大株主《おおかぶぬし》なんだそうだ。それで、自分《じぶん》の株をみんなあなたに譲渡《じょうと》するって、ショッピングカーのなかから、こんなにぶ厚い株券の束をとりだして、店のカウンターにのせて、帰っちゃったんだ。」

浜田さんは、そこで、ほっとため息《いき》をついた。

「なんどもおことわりしたんだよ。でも無理《むり》やりおいて帰っちゃうんだからなあ、まいっちゃったよ。それで、会社《かいしゃ》に電話して社長《しゃちょう》さんに連絡《れんらく》したのさ。むすこさんの吉本洋平《よしもとようへい》さんというひとなんだけどね。そしたらむすこさんがすぐに株券《かぶけん》をとりにこられたよ。そのとき、いろいろと話をきいたところによると、あのおばあさん、ときどきおかしくなるんだそうだ。それでね、きみたちは、どうだったかなって、ちょっと気になったのさ。」

メルシーのご主人《しゅじん》も、社長さんにさせられそうになったらしい。

「だけど、いちばん心配《しんぱい》なのは、あのおばあちゃんだなあ。かよいの家政婦《かせいふ》さんはいるそうだけど、ひとり住《ず》まいなんだってね。心臓《しんぞう》の病気《びょうき》もあることだし、やはり子どもさんと同居《どうきょ》されるのがいちばんなんだけど……。こればっかりは、よそさまのことだからなあ。」

浜田《はまだ》さんは首《くび》をふりながら帰っていった。

浜田さんのうしろすがたを見ていたら、ハチベエもなんとなくおばあさんのことが心配になってきた。

どうせ家にいても、することはない。うろうろしていたら店《みせ》の手伝《てつだ》いをさせられる。陽《よう》気《き》もすっかり春めいたことだから、ちょっとようすを見にいってみよう。ハチベエは自転《じてん》車《しゃ》にとびのった。

中町《なか》の吉本邸《よしもとてい》のまえにくると、門が大きくあいていて、前庭《まえにわ》に黒塗《くろぬ》りの乗用車《じょうようしゃ》がとまっていた。どうやらお客《きゃく》さまのようだ。

と、そのとき車のかげからボールを蹴《け》りながら、ひとりの少年がすがたを見せた。卓郎《たくろう》にちがいない。

「おおい、卓郎。」

ハチベエが呼《よ》ぶと、卓郎はすぐにハチベエを見つけて、駆《か》けよってきた。

「ハチベエちゃん、遊《あそ》びにきてくれたの。」

「そういうわけでもないけど、おばあちゃん、どうしてるかなって。」

「おばあちゃん元気だよ。呼んでこようか。」

「あっ、そんならいい、いい。」

卓郎が、ハチベエを見あげる。

「あのね、四月から、ぼくんち、この家に住むことになったんだ。」

「へえ、そりゃあよかったなあ。じゃあ、おまえも花山《はなやま》第一小にかようんだな。それで姉《ねえ》ちゃんは……。」

「姉《ねえ》ちゃんは、白百合女学院《しらゆりじょがくいん》に合格《ごうかく》したから、あっちにかようんだ。」

「なんだ、花山《はなやま》中学じゃないのか。」

ハチベエはがっかりしたが、まあ、おばあさんや弟《おとうと》と仲良《なかよ》くなっておけば、しぜんと志《し》穂《ほ》とも仲良くなれるにちがいない。

そのとき、玄関《げんかん》のドアがあいて志穂が顔《かお》をだした。弟が、がなりたてる。

「姉ちゃん、ハチベエちゃんがきてるよ。」

「あら。」

と、小さく声をあげた志穂が、門のほうに駆《か》けてきた。

「いらっしゃい。どうしたの。そんなところで、どうぞなかにはいって……。」

「ああ、いいよ。きょうはおばあさんのようすを見にきただけだから。四月から、ここに住むことにしたんだってな。よかったなあ。」

「おばあちゃんも、やっと賛成《さんせい》したの。だって、いつ心臓《しんぞう》の発作《ほっさ》が起こるかもしれないし、自分《じぶん》がおかしくなってるってことも自覚《じかく》してるみたい。ただ、この子が学校かわることになるけど……。」

志穂《しほ》が弟《おとうと》をあごでしめす。

「だいじょうぶさ。サッカークラブにはいるんだ。」

「もし、いじめられそうになったら、おれの名前をだしな。おれの名前は第一小にも鳴《な》りひびいてるからなあ。」

「ほんと。」

弟は目をかがやかせたが、姉《ねえ》さんのほうは、ちょっとまゆをひそめて、あらためてハチベエの顔《かお》をうかがっている。

しまった。やはり口は災《わざわ》いの元《もと》だな。ハチベエは、ひそかに反省《はんせい》したものである。

5

二月の終わり、粉雪《こなゆき》がちらついたが、どうやらこれが冬将軍《ふゆしょうぐん》のさいごの抵抗《ていこう》だったらしい。三月の声とともに、気温《きおん》がぐんぐんのぼりはじめ、春本番《はるほんばん》のような暖《あたた》かさになった。

小学校生活も、あと一か月たらずでおしまいになる。四月からは、ほとんどの子どもは花山中町《はなやまなか》にある花山中学《はなやまちゅうがく》にかようことになるが、なかには私立《しりつ》の中学校にかよう子どももいる。

六年一組では、新庄則夫《しんじょうのりお》がミドリ大付属中学《ふぞくちゅうがく》にかようし、高橋《たかはし》ケンジが城南中学《じょうなんちゅうがく》に進学《しんがく》する。女性軍《じょせいぐん》では、荒井陽子《あらいようこ》と榎本由美子《えのもとゆみこ》が、そろって白百合女学院《しらゆりじょがくいん》に通学《つうがく》するそうだ。

三月六日の土曜日《どようび》の午後《ごご》、ハチベエはモーちゃん、ハカセをさそって吉本邸《よしもとてい》を訪問《ほうもん》した。目的《もくてき》は、あくまでも孤独《こどく》な老人《ろうじん》をなぐさめるボランティア活動《かつどう》である。そのことは、ふたりにもよくよく説明《せつめい》しておいた。

「いいか、もし、ばあさんがなにかプレゼントしてくれるっていっても、ぜったいにもらっちゃあだめだぞ。なんとか理由《りゆう》をつけてかえすんだ。」

「でも、お菓子《かし》とかごちそうだったら、食べてもいいんだろう。」

モーちゃんが口をとがらせる。

「うん、まあ、食《く》いものはいいな。だけど宝石《ほうせき》や株券《かぶけん》はだめだぞ。」

じゅうぶん注意《ちゅうい》をあたえたうえで、門のなかを見まわす。あいにく、きょうは自動車《じどうしゃ》のすがたがない。と、いうことは孫《まご》の家族《かぞく》はきていないのだろう。

いくぶんがっかりしながら門のチャイムをおすと、すこしして、おばあさんの声がした。

「ええと、どなたかしら。」

「八谷《はちや》です。遊《あそ》びにきました。」

「まあ、まあ、ようこそ……。門、かぎがかかっていないから、はいってきてちょうだい。」

玄関《げんかん》のドアがあいて、大倉志穂《おおくらしほ》が出てきた。

「いらっしゃい。グッドタイミングね。じつはね、きょうは、あたしのお友だちもきてるのよ。きみたちのこと、うわさになってたの。」

志穂が、ちょっと意味《いみ》ありげにわらってみせた。

このあいだの応接間《おうせつま》にはいると、中央《ちゅうおう》のソファに、おばあさんをかこんで、数人《すうにん》の少女たちが腰《こし》をおろしていた。

「あれ、まあ……」

ハチベエもハカセもモーちゃんも、異口同音《いくどうおん》に声をあげた。

なんと吉本《よしもと》さんのみぎてにすわっているのは、花山《はなやま》第一小の深町《ふかまち》さくら、三橋《みつはし》さやか、高畠《たかはた》のぞみの三人、そして、ひだりてにすわっているのは、荒井陽子《あらいようこ》、榎本由美子《えのもとゆみこ》、安藤《あんどう》

圭子《けいこ》の三人なのである。

「まあ、まあ、八谷《はちや》くんに奥田《おくだ》くんに山中《やまなか》くん、よくきてくれたわねえ。おばあちゃん、うれしいわ。」

吉本《よしもと》さんは、いつもの笑顔《えがお》でむかえてくれたが、三人にとっては、それどころではない。

「い、いったいぜんたい、どうしたんだよ。お、おまえら、どういう友だちなんだ。」

ハチベエが、いそがしく六プラス一の美女たちを見まわす。

美女たちは、だまってわらっているばかりだ。やがて、志穂《しほ》が口をひらいた。

「わけを話せば、なんてことないのよ。二月の終わりに白百合女学院《しらゆりじょがくいん》の入学説明会《にゅうがくせつめいかい》があってね。そのとき席が高畠《たかはた》さんととなりになったのね。それで高畠さんの家がこの近くだってわかったの。」

こんどは荒井陽子《あらいようこ》が、わらいながらつけくわえた。

「あたしと由美子《ゆみこ》も、会場《かいじょう》で高畠さんを見つけたの。ついこのあいだ、手作《てづく》りチョコの講習会《こうしゅうかい》でいっしょだったひとだとわかったから、声をかけてね、すぐに友だちになったってわけ。」

「それで、きょうは、みんなの友だちを紹介《しょうかい》しあいましょうって……」

そのとき、ドアがひらいて、またしてもふたりの美少女があらわれた。吉本マリヤとユリヤだ。

「みんな、お茶の用意《ようい》ができたわよ。」

その声に、おばあさんがそそくさと立ちあがる。

「志穂《しほ》が、みなさんがこられるっていうから、けさ、メルシーさんに、おいしいケーキをとどけてもらってますからね。さあ、どうぞ。」

なんともはなやかなお茶会《ちゃかい》になった。

「ハチベエくん、もしかして、みんながあつまるって知っていたんじゃないのかい。」

ハカセが、そっとハチベエにたずねた。

「とんでもない。おれは、ただ、ばあさんのようすを見にきただけだもの。」

「こんなおいしいケーキが食べられるんなら、毎日《まいにち》、ようす見にきてもいいなあ。」

モーちゃんは、そういいつつまんぞくそうにケーキをほおばる。

そのとき、ハチベエの向こうどなりにすわっていた荒井陽子《あらいようこ》が、ハチベエの服のすそをひっぱった。

「きみたちが、きょうここにくるなんて、思わなかったわよ。でも、きみたちがこのあいだのバレンタインデーに、ここにお呼《よ》ばれしたことは知ってたから……。だけど、あんな美人《びじん》のお孫《まご》さんがいらっしゃったとは、きいていなかったけど。」

陽子《ようこ》が、ちょっとにらんだ。

「おまえらがきてるってわかってたら、遠慮《えんりょ》してたんだけどなあ。でも、世《よ》のなかって、ほんとせまいなあ。」

「ほんとにせまいわね。まさか高畠《たかはた》さんとおなじ学校に入学するなんてねえ。でも、もっとおどろいたのは、手作《てづく》りチョコの講習会《こうしゅうかい》でごいっしょしたおばあさんのお孫さんといっしょになったことね。

考えたら、それも、みんな八谷《はちや》くんのおかげだわ。八谷くんが、手作りチョコの講習会にさそってくれなかったら、学校にはいるまえに、こんなにお友だちができなかったと思うの。ありがとう、八谷くん。」

そのとたん、向かいの席から三橋《みつはし》さやかの声がした。

「ねえねえ、八谷《はちや》くん、荒井《あらい》さんや榎本《えのもと》さん、それに大倉《おおくら》さんは、白百合女学院《しらゆりじょがくいん》にいってしまうけど、あたしたちは花山《はなやま》中学だからね。きみとおなじ学校にかようんだから、これからもよろしくね。」

するとこんどは、ふたごたちも、

「あたしたちも、これからはしょっちゅう、ここに遊《あそ》びにくるから、仲良《なかよ》くしてちょうだいよ。」

きょうも、ハチベエ、両手に花、はな、はな……。

午後《ごご》四時、ハチベエ、ハカセ、モーちゃんは、孤独《こどく》な老人《ろうじん》の話し相手《あいて》をするというボランティア活動《かつどう》を無事終了《ぶじしゅうりょう》し、家路《いえじ》へと自転車《じてんしゃ》を走らせた。

「きょうは、もりあがったなあ。おれ、あんなにいっぱいの女の子たちの相手したのは、生まれてはじめてだぜ。」

「よかったじゃないか。これも、きみが言動《げんどう》に注意《ちゅうい》して、女性《じょせい》たちに親切《しんせつ》にしてるからじゃないの。」

ハカセは、まんざらひにくでもなさそうにいった。

「そうかなあ。やっぱ、あれが良かったのかなあ。」

「そうさ。きみは、本来《ほんらい》それほど悪《わる》い性格《せいかく》じゃないんだから、口さえつつしめば、もっと女性《じょせい》から好意《こうい》を持たれると思うなあ。」

「そうか。よし、中学にはいっても気をつけるぞ。」

そのとき、モーちゃんが口をひらいた。

「ぼくは、やっぱり神《かみ》さまのおかげじゃないかと思うよ。」

「神さま……？」

「うん、バレンタインデーの神さまっていうのがいるんだろ。」

「神さまじゃないけどね。聖《セント》バレンチヌスをお祭《まつ》りしてるんだ。」

ハカセがすかさず解説《かいせつ》する。

「そう、そのバレンチヌスというひとの御利益《ごりやく》じゃないかなあ。だってハチベエちゃん、この六年間、ずうっと女のひとと仲良《なかよ》くなりたいって、思っていたのに、ぜんぜんなれなかったろ。だから、さいごの一か月だけでも、仲良くなれるように、バレンチヌスさんがしてくれたんだよ。」

「なるほどね。聖《セント》バレンチヌスは、男女の愛をつかさどるっていうからね。」

ハカセもかるくうなずいた。

「でも、それって、卒業《そつぎょう》したら御利益《ごりやく》がなくなるってことじゃないのか。」

そんなのはいやだ。ハチベエは、思わずペダルに力をいれる。

「だいじょうぶだよ。ハチベエちゃんも村田《むらた》さんも、あんなに吉本《よしもと》のおばあさんのこと、気にかけてたじゃないの。他人《たにん》のことがほうっておけないっていうひとは、反対《はんたい》にほかのひとも、そのひとのことをほうっておけないんだよ。ハチベエちゃんのことは、これからも、みんながほうっておかないと思うよ。」

「そうか、みんながほうっておかないか。」

モーちゃんのこのことばで、ハチベエはすこし安心した。でも、そのみんなって、どんなひとたちだろう。ハカセやモーちゃん、それに吉本のおばあちゃん以外《いがい》にもいるのかな。

あとがき

那須《なす》正幹《まさもと》

ぼくが子どものころ、毎年四月一日は、エイプリルフール（四月馬鹿《しがつばか》）といって、ウソをついてもしかられない日でした。子どもだけではありません。家庭《かてい》でも職場《しょくば》でも大のおとなが知恵《ちえ》をしぼって相手《あいて》をだまそうとしたり、ぎゃくにだまされないように神経《しんけい》をはりつめたりしたものです。新聞やラジオでさえウソのニュースを流《なが》したりしました。

エイプリルフールは、西洋《せいよう》に古くからつたわっている年中行事《ねんちゅうぎょうじ》のひとつですが、日本には第二次世界大戦後《だいじせかいたいせんご》、おそらくアメリカからはいってきたものでしょう。

日本人が西洋人よりも正直者とは思えませんが、ウソを極端《きょくたん》にきらう国民であることは確《たし》かです。だまされたとわかると、それが冗談《じょうだん》でもわらってすませられない性格《せいかく》です。

エイプリルフールは、一九六〇年代にはすっかり廃《すた》れてしまい、かわって流行《りゅうこう》しはじめたのがバレンタインデーのチョコレートプレゼントです。もともとはチョコレートメーカーのキャンペーンだったようですが、こちらは日本人の性格にマッチしたのでしょう。あっというまに国民的な年中行事の一つに定着《ていちゃく》してしまいました。

土用《どよう》の丑《うし》の日にうなぎを食べるという習慣《しゅうかん》だって、もとはといえば、江戸《えど》のうなぎ屋《や》さんにたのまれた、平賀源内《ひらがげんない》のしかけたキャンペーンだそうです。

それはともかく、こんな真夏にバレンタインデーでもあるまいにと、お考えになるかもしれませんが、これには深い深いわけがあるのです。

このシリーズも、次作《じさく》でいよいよ最終回《さいしゅうかい》となり、ハチベエ、ハカセ、モーちゃんの三人は、めでたく花山第二《はなやまだい》小学校を卒業《そつぎょう》するのですが、これまでハチベエがおおぜいの女性《じょせい》にちやほやされたという物語をいちども書いていないことに気がつきました。

このまま彼《かれ》を卒業させては、あまりにもかわいそうです。そこで今回は、ハチベエがたくさんの美女《びじょ》にかこまれて大もてにもてる話を書いてみました。これで、彼も心残りなく卒業できるでしょう。

さて、花山第二小学校の卒業式は、三月二十日午前十時から、会場《かいじょう》は体育館《たいいくかん》です。

どうかみなさん、次回『ズッコケ三人組の卒業式』にぜひともご参列《さんれつ》くださいませ。

二〇〇四年七月

ズッコケファンのきみへ ―

ズッコケ三人組全50巻から　それぞれ１問ずつ全50問のズッコケ常識テストをつくりました。

ズッコケ熱烈ファンのきみならすぐに答えがわかってしまうかな？

ズッコケ三人組常識テストⅠ

1.「それいけズッコケ三人組」で、トイレにとじこめられたハカセは、どうやってその危機を知らせたのでしょうか？

2.「ぼくらはズッコケ探偵団」で三人組がみごとつかまえた犯人の名前は？

3.「ズッコケ㊙大作戦」でマコが話した、こわい組織とはなんでしょう？

4.「あやうしズッコケ探険隊」で三人組をふるえあがらせた猛獣とは？

①ライオン　②トラ　③ヒョウ　④人間　⑤ピューマ

5.「ズッコケ心霊学入門」で三人組が体験する現象の正式な名前は？

①チンダル現象　②ポルターガイスト現象　③エルニーニョ現象

6.「ズッコケ時間漂流記」で三人組を、同心と岡っ引きから助けてくれたひとは？

①銭形平次　②大岡越前守　③一心太助　④水戸黄門　⑤平賀源内

7.「とびだせズッコケ事件記者」でモーちゃんがケーキを食べた風月堂とメルシー、あなたはどちらがおいしいと思いますか？**(イ)**　その理由は？**(ロ)**

8.「こちらズッコケ探偵事務所」で偽造宝石グループが宝石をかくしていたのは、なんのぬいぐるみでしょうか？

9.「ズッコケ財宝調査隊」にでてくる貴重な歴史遺品とはなんでしょう？

10.「ズッコケ山賊修業中」で三人組が暮らした土ぐも一族の住む谷の名前は？

11.「花のズッコケ児童会長」で荒井陽子の選挙活動のキャッチフレーズは？

12.「ズッコケ宇宙大旅行」で宇宙人をおそった正体不明の生物とはなんでしょう？

13.「うわさのズッコケ株式会社」で三人組のつくったおべんとう会社の名前は？

14.「ズッコケ恐怖体験」でおたかの子どもの名前はなんというのでしょう？

15.「ズッコケ結婚相談所」でハチベエのおばさんが住んでいるところはどこかな？

16.「謎のズッコケ海賊島」で宝がかくされていた島はどこのなんという島でしょう？

17.「ズッコケ文化祭事件」で三人組の役はなんだったでしょう？

ハカセ**(イ)**　　　モーちゃん**(ロ)**　　　ハチベエ**(ハ)**

18.「驚異のズッコケ大時震」で新選組におそわれた三人組を助けにきたひとは？

19.「ズッコケ三人組の推理教室」で荒井陽子のネコの名前は**(イ)**、長岡保のネコの名前は**(ロ)**です。

20.「大当たりズッコケ占い百科」でハチベエのお母さんは手相で、ハチベエの将来を何とうらなったでしょうか？**(イ)**　そしてあなたは何とうらないますか？**(ロ)**

ズッコケ三人組常識テストⅡ

21.「ズッコケ山岳救助隊」で、夜の見張りに立って寝てしまったひとは？
22.「ズッコケＴＶ本番中」で三人組がつくろうとしたビデオの題名は？
23.「ズッコケ妖怪大図鑑」で妙蓮寺にあった石碑の名前は？
24.「夢のズッコケ修学旅行」で三人組のわたった湖はなに県にありますか？
25.「ズッコケ三人組の未来報告」でジョン・スパイダーの歌詞を日本語に訳したひとは？
26.「ズッコケ三人組対怪盗Ｘ」で犯人を追跡中、電車にのりおくれたのはだれ？
27.「ズッコケ三人組の大運動会」でモーちゃんは、徒競走で何等になったでしょう？
28.「参上！ズッコケ忍者軍団」で三人組の忍者がつかった武器は？
29.「ズッコケ三人組のミステリーツアー」でハチベエが目撃した犯人の身長は？
30.「ズッコケ三人組と学校の怪談」で花山第二小学校は創立何周年ですか？
31.「ズッコケ発明狂時代」でモーちゃんが発明したものは？
32.「ズッコケ愛の動物記」でみんなが飼ったウサギの名前は？
33.「ズッコケ三人組の神様体験」で三人組がおみこしをつくったお寺は？
34.「ズッコケ三人組と死神人形」で死神人形が持っているものは？
35.「ズッコケ三人組ハワイに行く」でハカセがもってきたおみやげは？
36.「ズッコケ三人組のダイエット講座」でハカセが計算したものは？
37.「ズッコケ脅威の大震災」で稲穂県南部を襲った地震の前ぶれを書いてください。
38.「ズッコケ怪盗Ｘの再挑戦」でハチベエが柳が池でした釣りはなんでしょう？
39.「ズッコケ海底大陸の秘密」でハチベエがぜんはりきった女の子の名前は？
40.「ズッコケ三人組のバック・トゥ・ザ・フューチャー」でハカセが転校した学校は？
41.「緊急入院！ズッコケ病院大事件」で三人組がはじめにうたがわれた病名(イ)と、本当にかかった病名(ロ)は？
42.「ズッコケ家出大旅行」で三人組がはじめて泊まったところはどこですか？
43.「ズッコケ芸能界情報」でハチベエのお母さんが若いころあこがれたスターの名は？
44.「ズッコケ怪盗Ｘ最後の戦い」で市営アパートにひっこしてきた女の子は何年生？
45.「ズッコケ情報公開㊙ファイル」で三人組が結成した見張り役の名前は？
46.「ズッコケ三人組の地底王国」で、三人組の身長は約何センチになりましたか？
47.「ズッコケ魔の異郷伝説」で縄文人の一族の名前は？
48.「ズッコケ怪奇館 幽霊の正体」でハカセが興味をもった学問は？
49.「ズッコケ愛のプレゼント計画」でハチベエが去年もらったチョコレートの数は？
50. ズッコケ三人組が６年間かよった小学校と、６年の担任の先生の名前は？

ズッコケファンのみなさん、全部こたえられましたか？

「こんなのかんたん！」というきみは、『ズッコケ博士』だ。おめでとう‼

新・こども文学館 59

ズッコケ愛《あい》のプレゼント計画《けいかく》

発　行　　2004年7月　第1刷　　2015年11月　第3刷

作　家　　那　須　正　幹（なすまさもと）
原　画　　前　川　かずお（まえかわかずお）
キャラクター監修　　前　川　澄　枝（まえかわすみえ）
作　画　　高　橋　信　也（たかはししんや）
発行者　　奥　村　　傳

発行所　　株式会社 ポ　プ　ラ　社
〒160-8565 東京都新宿区大京町22-1
電　話（営業）03-3357-2212（編集）03-3357-2216
（お客様相談室）0120-666-553
インターネットホームページ　http://www.poplar.co.jp

振替 00140-3-149271

印　刷　　瞬報社写真印刷株式会社
製　本　　島田製本株式会社

N.D.C.913／202p／22cm　　ISBN978-4-591-08207-2

ズッコケ三人組シリーズ

那須正幹・作

それいけズッコケ三人組	花山二小六年一組、ズッコケ三人組初登場!!
ぼくらはズッコケ探偵団	とある殺人事件にまきこまれた三人組は……
ズッコケ㊙大作戦	三人組は、スキー場で一人の美少女にあった
あやうしズッコケ探険隊	漂流の末、無人島にたどりついた三人組は？
ズッコケ心霊学入門	心霊写真にまつわる奇怪な事件が続々と……
ズッコケ時間漂流記	えっ、三人組が江戸時代にタイムトラベル？
とびだせズッコケ事件記者	三人組が学校新聞の事件記者になったって!?
こちらズッコケ探偵事務所	ブタのぬいぐるみにかくされた秘密とは？
ズッコケ財宝調査隊	ダムのそばに財宝が!?調査にのりだせ！
ズッコケ山賊修業中	山中で会ったあやしげな男達、危機せまる！
花のズッコケ児童会長	三人組が児童会長選挙の応援に立ちあがる…
ズッコケ宇宙大旅行	げげっ!!　宇宙人と接近遭遇しちゃった……
うわさのズッコケ株式会社	なんと、三人組が弁当会社をつくったって？
ズッコケ恐怖体験	あなたはだあれ、私はゆうれい、ひぇ～っ！
ズッコケ結婚相談所	モーちゃんのお母さんが、結婚するって!?
謎のズッコケ海賊島	こ…これが、海賊の秘宝のありかの地図!?
ズッコケ文化祭事件	三人組が文化祭で劇に挑戦、その台本は……
驚異のズッコケ大時震	め…目の前で、本物の関ヶ原の合戦が……
ズッコケ三人組の推理教室	連続ネコ誘拐事件、犯人はだれだ？
大当たりズッコケ占い百科	占いで犯人さがしをしたが……
ズッコケ山岳救助隊	三人組、嵐の山で遭難!?どうしよう……
ズッコケＴＶ本番中	ビデオ放送制作！　さて、どんな……
ズッコケ妖怪大図鑑	恐怖の花山町にしたのは、だれだ！
夢のズッコケ修学旅行	どんな旅行になるのかな～？
ズッコケ三人組の未来報告	三人組の20年後、それぞれの運命は？
ズッコケ三人組対怪盗Ｘ	三人組の名推理に、さしもの怪盗も降参か？
ズッコケ三人組の大運動会	万年ビリのハカセとモーちゃんが徒競走大特訓！
参上！ズッコケ忍者軍団	風魔正太郎、根来の三吉、伊賀の小猿、参上！
ズッコケ三人組のミステリーツアー	楽しい旅行が一転して恐怖の旅行に！
ズッコケ三人組と学校の怪談	花山第二小学校のかくされた真実は!?
ズッコケ発明狂時代	三人組はエジソンになれるか!!
ズッコケ愛の動物記	動物の世話をいったい誰が……
ズッコケ三人組の神様体験	ハチベエに何がおこったのか?!
ズッコケ三人組と死神人形	次々おきる殺人事件の恐怖!!
ズッコケ三人組ハワイに行く	夢の島ハワイでみた夢は？
ズッコケ三人組のダイエット講座	モーちゃんがダイエットに挑戦!?
ズッコケ脅威の大震災	三人組の住む花山町に大地震が!!
ズッコケ怪盗Ｘの再挑戦	怪盗Ｘが三人組に挑戦してきた!!
ズッコケ海底大陸の秘密	三人組が遭遇した海底人とは？
ズッコケ三人組のバック・トゥ・ザ・フューチャー	三人組の友情の歴史をふりかえると
緊急入院！ズッコケ病院大事件	三人組が原因不明の病気に！
ズッコケ家出大旅行	三人組が家族の横暴に抗議の家出?!
ズッコケ芸能界情報	三人組がスターに??
ズッコケ怪盗Ｘ最後の戦い	Ｘの三度目のねらいは？
ズッコケ情報公開㊙ファイル	市の情報公開を求めた三人組は…
ズッコケ三人組の地底王国	高取山登山が始まりだった！
ズッコケ魔の異郷伝説	体験学習で恐怖体験!?
ズッコケ怪奇館　幽霊の正体	いったい幽霊はいるのか？
ズッコケ愛のプレゼント計画	有史以来の変事が!!
ズッコケ三人組の卒業式	三人組の冒険はつづく…

所. ミドリ市花山町1丁目1-16 TEL
花山市営アパート 333 (22)1333
ハカセ(山中正太郎)
6月6日生まれ 血液A型 ※近視 右0.4 左0.3
身長140cm. 体重30.3kg
◎成績. 国2・算3・理4・社3・音2・図2
体2・家2・
◎趣味. 読書 理科の実験
好きな色. 青. たべものは お茶づけ。
◎家族. (父) 山中真之助 39才
ミドリ商事KK勤務
(母) 山中美代子 34才
(妹) 山中道子 9才(4年生)
趣味・釣り・まんがを読むこと。
好きな色. 緑・たべものはチョコレート
アイスクリーム。
◎成績. 国3・算2・理2・社3
音3・図3・体1・家4
◎家族. (母) 奥田時子 42才
横田物産KK勤務
(姉) 奥田タエ子 16才 大川高校一年生
住所. ミドリ市花山町1丁目1-16
花山市営アパート 222
TEL(22)1222
モーちゃん(奥田三吉)
7月15日生まれ 血液O型
身長158cm 体重63kg
お宮
6 5 4 3 2 1
市営アパート
333号 ハカセ宅
222号 モーちゃん宅
山一丁目
花山中町
道
ハチベエ宅
八谷商店
商店街
中町
無人 ふみきり
正義館道場
市電
三丁目
鉄橋
旭橋
大川
南大川町
北大川町